피그온이

Pigboy by Vicki Grant, Orca Book Publishers
Copyright ⓒ 2006 Vicki Grant

Korean translation copyright ⓒ 2013 Mirae Media & Books, Co.
This Korean edition published by arrangement with Orca Book Publishers c/o
Transatlantic Literary Agency Inc., Canada
through Yu Ri Jang Literary Agency, Korea.

이 책의 한국어판 저작권은 유리장 에이전시를 통해 저작권자와 독점 계약한 미래M&B에 있습니다.
신 저작권법에 의해 한국 내에서 보호를 받는 저작물이므로 무단 전재와 무단 복제를 금합니다.

피그보이
PIGBOY

비키 그랜트 지음 :: 이도영 옮김

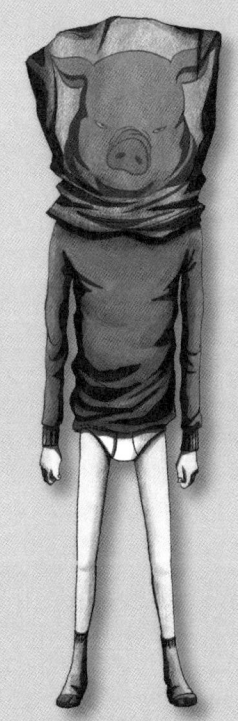

미래인

피그보이

1판 1쇄 발행 2013년 2월 20일
1판 6쇄 발행 2024년 2월 5일

지은이 비키 그랜트
옮긴이 이도영
펴낸이 김민지

펴낸곳 미래M&B
등록 1993년 1월 8일(제10-772호)
주소 04030 서울시 마포구 동교로 134 미진빌딩 2층
전화 02-562-1800(대표)
팩스 02-562-1885(대표)
전자우편 mirae@miraemnb.com
홈페이지 www.miraeinbooks.com
블로그 blog.naver.com/miraeibooks
인스타그램 @mirae_inbooks

ISBN 978-89-8394-735-2 (03840)

*잘못 만들어진 책은 구입처에서 바꾸어 드립니다.
*미래인은 미래M&B가 만든 청소년, 성인을 위한 브랜드입니다.

내가 책을 쓰는 일에 흠뻑 빠지게 해준 매기 네브리스에게
말로 표현 못할 고마움을 전합니다.
―비키 그랜트

차례

1장 최악의 체험학습   9

2장 지지리 복도 없는 호그   14

3장 농장 가는 길   19

4장 불길한 징조   23

5장 의문의 남자   29

6장 사라진 선생님   44

7장 버스 안에서   52

8장 남자의 정체   56

9장 버스냐, 오두막이냐   64

10장 무기가 필요해   68

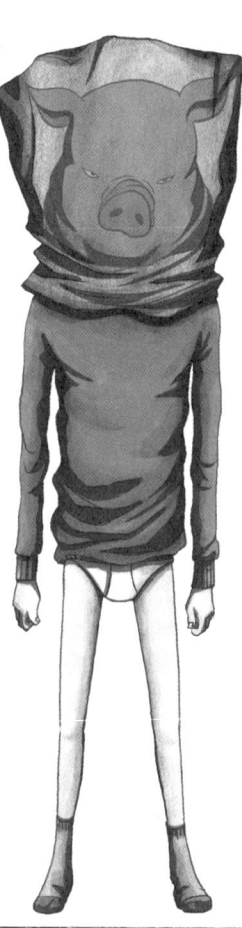

11장 911 긴급전화   76

12장 권총   82

13장 출구는 어디에   92

14장 유일한 출구   101

15장 돼지우리   106

16장 포장용 테이프   115

17장 에필로그   118

옮긴이의 말   122

1
최악의 체험학습

'농장' 체험이라니.

아니, 농장보다도 더 형편없는 곳이었다.

말이 좋아 농장이지 '문화유적'이나 다름없었다.

쓸데없이 크고 넓고 칙칙한 데다 냄새도 구린 문화유적과 다를 바 없는 농장. 수돗물도 나오지 않고, 전기도 들어오지 않는다. 음료수 자판기 따위는 눈 씻고 찾아봐도 없다.

납득이 안 돼요, 납득이.

어떤 반 녀석들은 체험학습 하러 텔레비전 방송국에 간다던데. 걔들은 카메라도 직접 보고 아나운서들과 얘기도 할 거 아니냐고. 심지어 한 녀석은 직접 뉴스에 출연해서 일기예보를 한단다.

글쎄.

정말 끝내주지 않아?

그런데 우리 반은 어디 박혀 있는지도 모르는 촌구석에 있는 쓸데없는 농장으로 체험학습을 가기로 결정됐다.

이게 말이 된다고 생각해?

난 왜 이 사실이 놀랍지도 않은지 모르겠다. 벤비 선생님 같은 사람한테서 뭘 더 바라겠어? 선생님한테서 뭔가 재미있는 일을 기대한다는 건 애당초 어불성설이다. 정말, 대단한 '범생이' 선생님 아니랄까 봐서. 선생님은 아프리카에서나 볼 법한 이 시골에서 여름 내내 우물을 파느라 시간을 보내셨단다. 글쎄.

딱 선생님 스타일이지.

난 지금 심각하거든? 허투루 하는 말이 아니라고.

더 이상 마을 사람들이 목말라 죽어갈 일이 없게 된 건 정말 잘된 일이다. 농사를 짓고 가축들의 목을 축일 수 있는 물이 있다는 것도 정말 대단한 일이고.

하지만, 그렇다고 해서 정말로 농장 일 따위가 재미있을 거라고 생각한다면 큰 오산이다.

우리가 먹는 것들이 어디서 오는지 누구 하나 신경 쓰는 사람이 있을 리도 만무하다.

그렇다면, 제정신인 10대들 중 누구 하나 이런 쓸데없고 답답한 농장에서 온종일 시간을 보내고 싶은 사람이 있기는 할까?

벤비 선생님은 말 그대로 '선생님' 아냐? 평생을 아이들과 함께 보내셨잖아. 그럼 좀 눈치가 있으셔야지.

그러니까 내 말은, 혹시 선생님이 해까닥하신 거 아니냔 말이다! 콕 집어 말하자면, 열네 살짜리 아이들에게 거름 따위가 개입되는 체험학습은 옳지 않다는 말이다.

그런데 이번 체험학습에서 최악인 건 거름 따위가 아니었다.

정말 최악인 건, 농장에서 돼지를 키운다는 사실이었다. 게다가 돼지는 다른 말로 '호그(hog)'라고도 부른다. 그런데 우리 반에는 모두가 싫어하는 '댄 호그'라는 이름을 가진 불쌍한 녀석이 있었다.

그 이유는 정확히 모르겠다. 아마 머리카락 때문이 아닐까 싶다. 아니면, 이빨 때문일 수도 있고, 안경 때문일지도 모르겠고. 그것도 아니면, 벤비 선생님이 질문만 하면 자기가 정말 천재라도 되는 양 대답을 해서 그럴지도. 보통 그 녀석은 슬금슬금 남의 눈에 띄지 않으려고 애썼는데, 효과는 전혀 없었지. 셰인 쿨런이나 타일러 마치 같은 꼴통 녀석들이 녀석한테서 절대 눈을 떼지 않았거든. 두 녀석은 당최 입을 가만두지 못하고 그 녀석 얘기를 해댔지. 낄낄대고 웃으면서 말이야.

나한테는 그게 정말 죽을 맛이었다. 벤비 선생님은 처음부터 다 보고 계셨다. 만약 선생님이 정말 좋은 분이라면, 왜 모른 척하고 지나쳐서 상황을 더 악화시키냐 말이다. 선생님의 관심은 온통 백만 킬로미터쯤 떨어진 이곳 마을 사람들한테만 쏠려 있던 거지. 게다가 선생님은 이런 말까지 했다.

"닭, 소, 호그(돼지) 같은 가축이 전통적으로 어떻게 키워지는지 체험할 수 있을 거다."

그 말 때문에 어떤 불쌍한 아이가 고통을 받을 수 있다는 사실에는 전혀 신경 쓰지 않는 것처럼 보였지.

그런 말을 듣고 셰인 같은 녀석이 가만있을 턱이 있겠어? 그 녀석은 이때다 싶어 아주 소리를 지르면서 말하더군.

"너네 가족들 만나러 가는 거냐, 댄? 언제쯤 너네 엄마 보나 싶었는데 잘됐네."

하—하—하.

반 전체가 킥킥대며 웃어댔지. 벤비 선생님은 "됐다, 그만들

해라!" 하고 말했지만, 자기도 웃긴 걸 억지로 참고 있는 모습이었어.

    난 셰인이 정말 싫었다.

    난 이 멍청한 체험학습이 정말 싫었다.

    하지만, 가장 싫은 건, 바로 내가 댄 호그라는 사실이었다.

2
지지리 복도 없는 호그

체험학습을 떠나기로 한 날, 벤비 선생님이 장염에 걸리셨다는 희소식이 날아들었다. 난 정말 기뻤다.

그럼 그 멍청한 농장 체험학습인지 뭔지도 취소되겠지?

내게도 이런 행운이 있다니!

그렇잖아도 그놈의 '호그 어쩌고저쩌고' 하는 조롱을 받으며 일곱 시간을 어떻게 버텨야 할지 난감해서 밤새 끙끙 앓은 터였다. 교장선생님으로부터 벤비 선생님이 이틀쯤 결근하실 거라는 말을 들었을 때, 난 정말로 펄쩍 뛰면서 기뻐했다. 혹시 선생님이 아픈 게 나으면 놓았던 정신줄을 다시 잡을지도 모른다는 생각이 들었다. 농장 체험이 아니라 다른 체험을 하게 할지도 모른다는 생각이 들었다. 타이어 공장을 견학한다든지, 지루하긴 하겠지만 역사 관련 영화를 본다든지, 소방서 같은 곳을 견학한다든지……. 그게 어디든 멍청한 농장과 돼지우리만 아니라면 상관없었다.

잠깐 동안이었지만, 난 오늘 하루를 잘 보낼 수 있을 것 같다는 느낌이 들었다.

그때, 교실 문을 두드리는 소리가 났다. 이윽고 교장선생님이 어떤 젊은 여자를 데리고 들어왔다. 그 젊은 여자는 고무장화를 신고 있었는데, 교장선생님의 소개에 따르면 오늘 벤비 선생님을 대신해 우리 반을 가르칠 크리저 선생님이라고 했다.

다음 일은 불 보듯 뻔했다. 교장선생님은 함박웃음을 지으며 말했다.

"크리저 선생님은 오늘 9반 학생들과 함께 역사적인 윈드밀 농장으로 멋진 체험학습을 떠나게 돼 너무 기쁘다고 하시는구나!"

교장선생님은 어떻게 농장 주인이 네덜란드에서 건너와서 전통적인 방식으로 가축을 키워왔는지에 대해 주저리주저리 설명했다. 얼핏 들으면 꽤나 흥미 있게 들릴 법도 했지만, 내 귀에는 아무것도 들리지 않았다.

내 머릿속엔 오직 이 생각뿐이었다.

내 그럴 줄 알았어!

대체 난 무슨 생각으로 체험학습이 취소되기를 애타게 기도했던 걸까? 나한테 그런 행운이란 절대 생길 턱이 없다는 걸 뻔히 알면서 말이다. 그야말로 난 지지리 복도 없는 녀석일 뿐이다.

내가 그런 얘기를 할 때마다, 엄마는 늘 이렇게 말했다.

"에이! 무슨 말을 그렇게 하니! 당연히 넌 운이 좋은 아이지. 넌 어리잖니. 건강하기도 하고. 너한텐 잠잘 곳과 먹을 것도 있잖아."

그렇게 얘기하면 내 기분이 확 좋아지기라도 한대요? 그저 날 더 비참하게 만들 뿐이라고요.

근본적으로, 엄마는 내가 살아 숨 쉬고 있는 것만으로도 운이 좋다고 말하는 식이다.

난 교실을 둘러봤다. 왜 난 다른 녀석들처럼 운이 좋지 않은 걸까? 저 녀석들도 어리고 건강하긴 마찬가진데. 하지만, 저 녀석들은 키가 크고 잘생긴 데다 유머 감각도 있다. 부잣집 자식에 운동도 잘하고 인기도 많다. 게다가 나로선 좀처럼 기대할 수 없는 다른 많은 것들을 가졌다.

내가 이런 얘기를 엄마한테 벙긋이라도 하면, 엄마는 그저 머리를 흔들며 내가 지금보다 더 형편없지 않은 걸 다행으로 생각하라고 말하곤 했다. 비록 이름은 '호그'일지언정, 삐쩍 마르고 뻐드렁니를 가진 걸 다행으로 생각하라고.

"상상해봐라." 엄마는 늘 이렇게 말했다. "이름도 호그인데 거기다 몸까지 비만이라면 얼마나 더 끔찍하겠니? 네 사촌 앤디처럼 말이야. 앤디처럼 안 된 것만 해도 얼마나 고마운 일이니, 안 그래?"

아무렴요. 안 봐도 비디오네요. 꼴통 셰인 녀석이 내 이름을 갖고 놀려도 "글쎄, 적어도 난 뚱땡이 호그는 아니잖아" 하고 받아치면 되겠죠. 내 뻐드렁니가 어쩌고저쩌고 해도, 적어도 이빨은 죄다 있다고 받아치면 되겠죠.

심지어 셰인 녀석이 내 안경으로 불을 피울 수도 있겠다며 콜라병처럼 두꺼운 내 안경을 들먹여도, 어느 날 갑자기 소시지 같은 걸 구워 먹을 일이 생겼을 때 얼마나 유용한지 짚어주면 되겠네요.

그런 상상을 하면서 난 하마터면 웃음을 터뜨릴 뻔했다. 하지만 문득 셰인 녀석이 나를 지켜보고 있다는 느낌이 들어 입을 앙

다물었다. 자기 혼자 실없이 웃는다면 또라이나 다름없지.

교장선생님은 아직도 전통적인 돼지 사육이 어쩌고저쩌고 하면서 떠들고 있었다. 셰인 녀석도 여전히 자기 패거리와 실없는 우스갯소리를 소곤거리며 낄낄대고 있었다.

도대체 엄마는 뭘 보고 내가 운이 좋다는 걸까?

심지어 난 정말 필요할 땐 병도 안 걸릴 만큼 재수가 없는데 말이지.

3
농장 가는 길

반 친구들은 좋은 자리를 잡겠다며 서로 밀치고 당기고 난리였지만, 난 버스 뒤쪽에 가까스로 한 자리를 차지할 수 있었다.

이게 웬일이람.

난 늘 혼자서 앉는다. 남자애들은 나를 희한한 놈이라고 생각한다. 여자애들은 나 따윈 안중에도 없다. 어느 누구도 나랑 같이 앉으려고 하는 사람은 없다. 하지만 난 그딴 건 신경도 쓰지 않는다. 하루 이틀 일도 아닌데 뭐.

버스 기사 아저씨는 농장까지 한 시간쯤 걸릴 거라고 했다. 잘됐네 뭐. 잠이나 자면 되겠다. 난 밤새 잠을 설친 탓에 피곤한 상태였다. 이참에 에너지나 잔뜩 비축해서 오늘 하루를 잘 버티는데 써야겠다. 꼴통 녀석들이 괴롭히는 걸 견뎌내려면 에너지가 많이 필요할 테니까.

크리저 선생님은 앞쪽에서 여자애 몇 명과 얘기를 나누고 있었다. 어지간히 말들이 많았다. 크리저 선생님의 재킷이 어쩌고저쩌고……. 꺅꺅 소리를 내며 떠드는 걸 보니 재킷이 마음에 드는 모양이었다. 크리저 선생님은 젊고 예쁜 데다 뉴스 리포터처럼 옷을 차려입었다. 단, 고무장화만 뺀다면 말이다. 선생님의 모습은 내 누나와 그 친구들을 떠올리게 만들었다. 옷차림이며 귀고리, 그리고 활짝 웃는 모습 같은 게 말이다.

난 왠지 이상한 놈처럼 행동하는 게 싫어서 구경을 그만두고 그저 창밖을 바라봤다. 딱히 할 거리가 없었다.

지루한 풍경들의 연속.

잠깐씩 집 몇 채가 보이더니 이따금씩 누군가 나와서 개를 산책시켰다. 일단 고속도로에 올라서자, 그나마 보이는 건 바퀴가 열여덟 개나 달린 큰 트럭들과 주유소뿐이었다. 버스가 시골길을 달리기 시작할 때부터는 더 안 좋아졌다. 그저 쥐죽은 듯 조용한 작은 마을과 농장 두 개를 지난 뒤로는 아무것도 나타나지 않았다.

집 한 채는 물론 논밭 하나 보이지 않았다. 심지어 표지판 한 개도 보이지 않았다. 그저 눈에 보이는 건 수십 킬로미터나 계속되는 엉망진창인 시골길뿐이었다.

울퉁불퉁한 길을 지날 때마다, 이러다 멀미를 하고 말 거란 생각에 사로잡혔다. 만약 멀미 때문에 버스 안에서 토하기라도 한다면, 내 인생은 종친 거나 마찬가지였다. 꼴통 녀석들이 절대 나를 가만 놔두지 않을 테니까.

정말이다. 절대로 그냥 지나칠 녀석들이 아니다.

엄마는 출발하기 전에 멀미약을 먹으라고 했다. 아니면 후회할 거라고 계속 재촉했다. 하지만 난 엄마가 나를 어린애 취급하는 게 정말 싫었다. 그래서 약을 먹지 않았다. 그런데 이제 와선 지금 멀미약을 먹어도 너무 늦지 않았길 바라고 있었다.

난 가방 안을 더듬었다. 알레르기 약, 티슈, 포장용 테이프 등 나 같은 얼간이나 갖고 다닐 거라고 고개를 끄덕일 만한 것들만 있을 뿐, 멀미약은 없었다.

또다시 울퉁불퉁한 길을 만났을 때, 난 토하고 싶은 걸 억지로 참느라 안간힘 썼다. 눈을 질끈 감고 아무것도 생각하지 말자고 스스로 다짐했다. 이후에 벌어질 일을 생각하니 차라리 그 편이 훨씬 나았다.

잠시 후, 느닷없이 내 얼굴이 버스 창문을 강타했다. 누군가 내 안경을 홱 낚아채더니, 원수 같은 녀석의 웃음소리가 들렸다. 불행 중 다행이라면, 그 덕분에 토하고 싶은 생각은 싹 가신 뒤였다.

셰인 쿨런이 노란색 스마일 배지에서나 볼 법한 미소를 지으면서 말했다.

"옆에 앉아도 되냐, 피그보이?"

4
불길한 징조

아무리 내가 벤비 선생님 때문에 짜증이 나서 그렇다 하더라도, 이것 하나는 짚고 넘어가야겠다.

벤비 선생님과 함께 체험학습을 나갈 때면, 선생님은 으레 버스 뒤쪽에 앉았다. 그 덕에 셰인이나 타일러 같은 녀석들이 선생님의 눈앞에 얼쩡거릴 일은 없었다.

자리를 잡기 전에 미리 그 생각을 했어야 했는데.

난 크리저 선생님 근처의 앞쪽 자리를 잡았어야 했다. 그랬다면, 내가 겁쟁이처럼 보였을지는 몰라도, 90킬로그램이나 나가는 셰인 쿨런이 나를 버스 안쪽으로 밀어붙이는 불상사는 생기지 않았을 것이다.

"옆으로 좀 찌그러져!"

셰인은 여자애처럼 소리를 낮추고 소곤대듯 말했다.

"조금 더…… 좀 더…… 그렇지! 앉을 만하지?"

도대체, 나한테 무슨 대답을 듣고 싶은 거냐?

만약 내가 그렇다고 대답하면, 이 녀석은 쪼다 같으니 뭐니 하며 날 두들겨 팰 거다. 그렇다고 냉큼 아니라고 대답하면, 이 녀석은 그렇다고 대답할 때까지 날 으스러지게 바짝 밀친 다음 두들겨 팰 테지.

어차피 난 이길 수 없는 게임이었다. 그저 계속 입을 꾹 다문 채 내 안경이 깨지지 않기만을 바랄 뿐이었다. 안경이 없으면 난 장님이나 마찬가지였다. 안경이 없다고 죽기야 하겠냐마는, 엄마한텐 도대체 뭐라고 변명하냔 말이다. 이런 얘긴 엄마가 알아선 안 된다. 만약 내가 겁쟁이처럼 엄마한테 쪼르르 달려가서 다 털어놓았다고 생각한다면, 이 녀석은 정말 날 죽도록 괴롭히고도 남을 놈이었다.

셰인은 자기 발을 팔걸이에 턱 올려놓더니, 내가 푹신한 소파라도 되는 양 내 등에 기대고 거의 눕다시피 했다. 녀석이 몸을 움직일 때마다 창문의 가느다란 금속 창틀이 내 얼굴을 점점 깊이 파고들었다. 입으로 흘러내리는 코피의 맛이 느껴졌다. 내 이빨은 얼마나 더 버틸 수 있을지 궁금해졌다.

셰인은 내 팔을 잡더니 팔꿈치를 뒤로 꺾으며 말했다.

"이 작은 돼지는 시장에 갔어요. 이 작은 돼지는 집으로 갔어요……."(영국에서 전해 내려오는 자장가의 하나:옮긴이)

타일러와 다른 녀석들이 마구 웃었다. 숨이 넘어갈 듯 킥킥거리는 소리마저 들렸다.

셰인이 마지막 작은 돼지까지 뭘 갖다 붙일지 걱정하고 있는데, 갑자기 웃는 소리가 멈췄다.

크리저 선생님이 버스 뒤쪽으로 오고 있었다.

셰인은 쉿 하는 시늉을 하며 나한테 말했다.

"머리 숙여!"

그러더니 휘파람을 불기 시작했다.

이런 꼴통을 봤나.

만약 셰인이 예전에도 전적이 있었다는 걸 크리저 선생님이 몰랐다면, 녀석이 휘파람을 흥얼대는 걸 보고도 아무 일도 아닌 것처럼 무심코 지나쳤을 것이다. 아무 짓도 하지 않은 척하느라 애쓰는 녀석의 모습이 아주 가관이었다.

"여기 무슨 일이지?"

선생님이 물었다.

셰인은 어깨를 으쓱하며 말했다.

"네? 무슨 일이라뇨? 그냥 경치를 즐기고 있었는데요. 제가 알기론 아무 일도 없는데요."

"아무 일도 없다고?"

선생님이 이어 물었다.

"그렇다면 왜 네 친구 코에서 피가 나는 거지?"

"아, 맞다! 죄송해요. 그걸 깜박했네."

셰인은 그렇게 말하고는 내 등을 두드렸다.

"댄이 코피가 났어요. 얘는 툭하면 이래요, 불쌍한 녀석."

셰인은 또 한 번 스마일 배지 같은 미소를 머금었다.

크리저 선생님은 몸을 숙이더니 내 턱을 들어올렸다. 피가 흐르는 내 얼굴과 부서진 내 안경을 보고 선생님은 셰인을 바라봤다. 한참 동안, 아주 한참 동안 바라봤다.

잠시 후, 셰인의 얼굴에서 웃음기가 사라졌다.

선생님도 셰인을 꼴통이라고 생각하고 있는 게 분명했다.

"네가 그 유명한 셰인 쿨런은 아니겠지, 그렇지?"

선생님이 말했다.

셰인은 혀를 끌끌 차는 소리를 내며 선생님을 향해 눈을 찡긋 했다.

제까짓 게 누구라고 생각하는 거야? 자기가 무슨, 브래드 피트라도 된다는 거야, 뭐야?

"넵, 바로 접니다. 그 유명한 셰인 쿨런요!"

셰인이 말했다.

"그게 무슨 자랑이라고. 나중에 교장선생님과 함께 좀 보자꾸나."

선생님이 말했다.

"기대하겠습니다."

"나만큼은 아니겠지."

선생님은 그렇게 말한 다음 나한테 같이 가자는 손짓을 보냈다. 그러곤 미소를 지으며 말했다.

"넌 이름이……?"

난 너무 좋아서 그저 믿어지지가 않았다.

"있잖아요, 걔 이름은 호오그예요!"

셰인이 바보 목소리를 흉내 내며 소리 질렀다.

주변이 온통 웃음바다가 되었다.

크리저 선생님은 한숨을 내쉬며 고개를 가로저었다. 선생님이 그토록 질색하시는 걸 보니 마음이 놓이긴 했지만, 딱히 위안이 되진 않았다. 버스 앞쪽으로 자리를 옮긴 후에도, 난 셰인이 "꾸엑! 꾸엑!" 하며 돼지 흉내 내는 소리를 들어야 했다.

오늘 하루는 길고도 긴 하루가 될 것 같았다.

:: 5 ::
의문의 남자

크리저 선생님은 최선을 다해 내 마음을 진정시키려고 했다. 선생님은 자기 친구 중에 아웃하우스(변소)라는 성을 가진 친구도 있고, 이름이 정말로 도널드 덕인 친구도 있다고 했다. 정말이라고 맹세까지 했다. 하지만 난 그저 내 기분을 풀어주려고 의례적으로 하는 말이란 생각밖에 안 들었다.

크리저 선생님은 더 이상 피가 나지 않도록 코를 꽉 누르라고 하곤 응급처치용 구급약통을 가져왔다. 버스 기사가 가지고 다니는 구급약통엔 쿠키 몬스터 캐릭터가 그려진 일회용 반창고밖에 없었다. 체험학습에 태우고 다니는 학생들은 죄다 어린 학생들뿐인 모양이었다.

크리저 선생님은 그중 한 개를 내 안경에 붙였다. 선생님께 내 가방에 포장용 테이프가 있다고 말했을 때, 난 정말 쪽팔려 죽는 줄 알았다. 얼간이가 아니라면 대체 누가 그런 테이프를 가방에 넣어 가지고 다닐까.

코피가 좀처럼 멈추질 않아서, 결국 선생님은 티슈로 콧구멍을 막고 있으라고 했다.

내 인생이 아무리 꼬인다 한들, 과연 지금보다 더 꼬일 수 있을까?

콜라병처럼 볼록한 내 안경 렌즈는 캐릭터 반창고로 지탱하고 있고, 피가 흐르는 내 콧구멍은 티슈가 꽉 막고 있는데 말이지. 뻐드렁니 위로 퉁퉁 부어 오른 입술은 또 어떻고. 어쨌든, 고약한 냄새를 맡지 않아도 되는 건 그나마 다행이었다. 난 오늘 하루는 짜증 제대로 받는 하루가 되리라는 사실을 직감할 수 있었다. 어느새, 콧구멍을 채우던 티슈들이 산더미처럼 불어나고 있었다.

크리저 선생님은 나한테 취미가 뭔지, 친구들은 어떤지 자상하게 물었다. 난 선생님이 이미 느낀 것 이상으로 날 형편없다고 생각할까 봐 좀 그럴싸하게 얘기를 지어내며 말했다. 선생님한테 이런저런 얘기를 털어놓다 보니 마음이 좀 진정되었다. 선생님은 정말 괜찮은 분이었다.

그러는 사이, 우린 이미 농장에 도착해 있었다.

버스가 농장 안길로 들어가고 있었다. 거위 떼가 놀라서 이리저리 푸드덕거리며 날았다. 고개를 돌리고 우리를 물끄러미 쳐다보는 염소들도 있었다. 이런 오지에 대형 버스가 나타난 건 녀석들에게 대단한 사건임에 분명했다.

농장은 그리 대단해 보이지 않았다. 그래도 집은 그럭저럭 괜찮아 보였다. 그림책 속에서나 볼 법한 그런 집이었다. 지붕은 까맣고 창문은 흰색이었다. 창문엔 중간에 격자무늬가 있었다. 집 한가운데에는 초록색의 문이 있고 정면 화단에는 꽃들이 자라고 있었다. 딱히 특별한 건 없었다.

집 말고는 꽤나 초라해 보였다. 울타리는 오래된 통나무들이 윗부분을 서로 기대고 있었고, 헛간은 페인트가 지저분하게 벗겨져 있었으며, 지붕은 널빤지들이 태풍에 날아가기라도 했는지 한쪽에 구멍이 뻥 뚫려 있었다. 우리 안에는 가축 몇 마리가 있었고, 헛간을 지난 곳엔 지저분한 연못과 낡은 통나무 오두막이 서 있었다. 앞으로 네 시간 동안 이곳에서 뭔가 할 일을 찾는 게 쉽지 않겠다는 생각이 들었다. 할 일이 없어 시간이 남아돌면 셰인 녀석이 무슨 짓을 할지 뻔했다. 생각만으로도 난 짜증이 났다.

크리저 선생님은 버스 앞쪽에 서서 반 아이들에게 각자 할 일을 설명했다. 크리저 선생님 역시 여느 선생님들과 마찬가지로 학교를 대표해서 왔으니 처신을 잘해야 한다는 말을 잊지 않았다.

"너희들이 최선을 다하는 모습을 보여주길 기대할게."

선생님은 오른쪽에 서 있던 셰인을 쳐다보며 그렇게 말했다.

"저희만 믿으세요, 선생님!"

셰인이 말했다.

"그래, 좋아. 너도 선생님이 계속 지켜보고 있을 테니 기대하렴."

그런 다음, 선생님은 가방은 버스에 두고 차례로 한 명씩 내리라고 말했다.

난 알레르기 약과 티슈를 챙겨야 했지만, 너무 당황한 나머지 챙기지 못했다. 맨 앞에 선 내 뒤로 아이들이 1초라도 빨리 버스에서 내리려고 줄지어 서 있었기 때문이다. 난 손으로 얼굴을 감싸고 재채기가 나오려는 것처럼 고개를 돌렸다. 누구에게도 내 모습을 보여주고 싶지 않았다. 난 콧구멍에 티슈가 보이지 않도록 꾸겨 넣은 다음 버스에서 내렸다.

크리저 선생님이 농가의 현관문을 두드렸다. 난 선생님에게 바짝 붙어 있으려는 것처럼 보이지 않게 적당히 거리를 유지하려고 애썼다. 선생님의 애완동물 취급을 받으며 놀림당하느니, 원래의 나다운 모습으로 놀림당하는 게 차라리 나을 것 같았다.

선생님은 다시 문을 두드렸다. 이번에도 아무 반응이 없었다. 선생님은 현관문 가장자리에 연결된 작은 창문 안을 들여다보곤 어깨를 으쓱거렸다.

"주인이 헛간에 있나 보다."

예상치 못한 차질 덕분에 친구 녀석들은 어영부영 시간을 보낼 절호의 기회로 삼으려 했지만, 선생님은 그대로 보고만 있진 않았다. 선생님이 째려보자, 아이들 모두 동작을 멈췄다.

"좋아." 선생님이 말했다. "자, 얘들아. 할 일은 해야지."

우리는 아까 선생님에게 설명을 들은 대로 각자 맡은 일을 시작했다. 정말 신기할 따름이었다. 크리저 선생님은 그저 일일교사일 뿐인데 말이지. 일일교사가 오면 반 아이들은 난장판이 되기 십상인데, 모두가 선생님을 잘 따르고 있었다. 선생님은 덩치가 큰 것도 아니고 성격이 까칠한 것도 아니고, 언젠가 우리 반을 맡았던 라폴리 선생님처럼 미쳐 날뛰지도 않는데 말이다.

라폴리 선생님은 어쨌든 우리를 통제하는 데 성공했는데, 그건 순전히 우리가 잔뜩 겁을 먹었기 때문이었다. 셰인조차 입을 닫고 있었을 정도이니, 말 다한 셈 아닌가.

사실 크리저 선생님은 작고 아담한 축에 들었다. 그렇다고 키가 아주 작은 건 아니었지만, 좀 말랐다고나 할까. 우리 반 아이들 중 절반 이상이 선생님보다 키가 컸다.

선생님은 자기 마음대로 아이들을 몰아붙이는 타입이 아니었다. 그럴 필요가 없었다. 선생님이 아이들을 다루는 방식에는 뭔가 다른 게 있었다. 아이들이 자기한테 집중하게 만드는.

우리는 선생님을 따라 헛간으로 이동했다.

젖소들을 빼면, 그곳도 황량하긴 마찬가지였다. 헛간 안은 지저분한 창문을 통해 한 줄기 빛이 비치고 있었지만 전체적으로는 어두컴컴했다. 빛줄기를 타고 먼지들이 춤을 추는 게 보였다. 그걸 보고 있자니 콧속이 근질거렸다. 난 콧속에 쑤셔 넣은 티슈가 재채기를 막아주기만 바랄 따름이었다.

크리저 선생님은 마치 유령의 집에라도 들어가는 것처럼 조심스럽게 헛간 안으로 한 발짝 걸음을 옮겼다. 그러곤 소리 내어 불렀다.

"반 워트 씨? 여보세요?…… 반 워트 씨 계세요?"

아무 소리도 들리지 않았다.

물론, 셰인이 킥킥거리며 웃는 소리 말고는 아무 소리도 들리지 않았단 뜻이다.

크리저 선생님이 후다닥 헛간에서 나오더니 말했다.

"뭐가 그렇게 재미있지?"

"재미있다뇨?" 셰인이 말했다. "전 안 웃었는데요. 사실 걱정하고 있었어요. 그냥 반…… 왔다 씨인가 하는 분이 걱정돼서요."

셰인은 다시 터져 나오려는 웃음을 참으려고 얼굴을 찡그리면서 이렇게 덧붙였다.

"아, 워트 씨요."

반 아이들이 숨죽여 낄낄거렸지만, 어느 누구도 셰인과 함께 대놓고 웃지는 못했다.

그때 크리저 선생님의 얼굴을 봤어야 하는데. 선생님은 지체 없이 셰인에게 다가갔다. 선생님은 녀석의 키가 자기보다 30센티미터쯤 크고 45킬로그램쯤 더 나가는 것 따윈 상관하지 않았다.

"선생님 말 똑바로 듣거라." 선생님이 말했다. "내 말을 이해 못할 만큼 철이 없어 그런지 모르겠지만, 어쨌든 한마디 해야겠다. 반 워트 씨는 네덜란드 사람이야. 이름도 네덜란드 식이고. 게다가 우리를 초대한 사람이잖니. 이따 그분을 소개할 때 또 그런 식으로 멍청하게 우스갯소리를 한다거나 웃는다면, 넌 정말, 정말 후회하게 될 거야. 내 말 확실히 알아듣겠니?"

셰인의 얼굴에는 억지웃음이 가득했지만, 대꾸는 하지 않았다. 그냥 고개만 끄덕일 뿐이었다.

크리저 선생님은 나머지 아이들 쪽으로 몸을 돌렸다.

"반 워트 씨 억양이 강하다고 생각할 수도 있어. 무슨 말인지 알아듣기 힘들면 선생님이 도와줄 거야. 알았니? 좋아. 이제, 잘 들 해보자꾸나."

선생님은 헛간 뒤쪽을 한 바퀴 둘러보며 계속 이름을 불렀다.

"반 워트 씨! 반 워트 씨!"

마치 선생님에게 대답이라도 하는 듯, 크고 살찐 점박이 돼지들이 동시에 꿀꿀거리며 쿵쿵대는 소리를 냈다. 셰인은 또다시 대놓고 웃을 정도로 어리석진 않았지만, 녀석이 그 장면을 얼마나 좋아하는지 난 알 수 있었다. 돼지들이 시끄럽게 울어대고 자기 배설물 위로 뒹구는 모습을 떠올리기만 해도 녀석이 얼마나 좋아하는지 난 알고 있었다. 내 말이 맞는지는 내일이면 알게 될 거다. 셰인이 있는 한, 그런 생각을 떨쳐버릴 방법은 없었다.

"여기 안 계시는구나."

크리저 선생님은 그렇게 말하곤 우리들을 돼지들이 있는 곳에서 데리고 나갔다. 선생님은 나를 보며 멋쩍은 미소를 보냈다. 아무래도 좀 당황하신 듯 보였다. 뭐랄까, 난데없이 돼지들과 맞닥뜨렸기 때문이랄까.

선생님은 주변을 둘러보더니 난감한 표정으로 말했다.

"밭쪽에도 안 보이네. 저쪽 통나무 오두막 안에도 안 계시면, 아무래도 우린 오늘 다른 일정을 찾아봐야……."

갑자기 웅성거리는 소리가 크게 들렸다.

선생님은 손을 내저으며 아이들을 조용히 시킨 다음, 다시 반 워트 씨의 이름을 부르기 시작했다.

잠시 후, 통나무집 문이 열렸다. 아이들이 모두 웅성거렸다. 나만 그런 게 아니었다.

크리저 선생님이 우리 쪽으로 몸을 홱 돌렸다. 따끔하게 한마디 할 기세여서, 우리는 입도 뻥끗 못하고 다물었다. 선생님은 다시 몸을 돌렸다.

"반 워트 씨?"

선생님이 물었다.

남자는 등 뒤로 문을 잠그더니 퉁명스럽게 물었다.

"당신들 누구요?"

남자는 살짝 화가 난 듯 보였는데, 농부처럼 보이진 않았다. 나이 지긋한 분이 밀짚으로 만든 모자와 작업복을 입은 모습을 기대했는데, 남자는 작업복을 입기는커녕 나이도 많아 보이지 않았다. 나이는 30대쯤 돼 보였고, 머리는 빡빡 밀었다. 팔과 다리에는 괴상한 문신들이 새겨져 있었다. 난 그 사실이 왜 그리 놀라웠는지 모르겠다. 사실, 농부라고 문신을 하면 안 된다는 법은 없잖아?

"제 이름은 크리저예요. 죄송합니다. 벤비 선생님이 올 거라고 생각하셨을 텐데." 선생님이 말했다. "벤비 선생님은 정말 오고 싶어 하셨지만, 장염에 걸리는 바람에……."

남자는 아무 대꾸도 하지 않았다. "그거 참 안됐군요"라든가 "저 대신 안부 전해주세요" 따위의 말도 없었다. 벤비 선생님 말로는 두 사람은 친구 사이라고 했지만, 남자는 전혀 신경 쓰지 않는 것 같았다. 그렇게 잠깐 시간이 흐른 뒤, 크리저 선생님이 다시 말을 꺼냈다.

"우리 반은 전통적인 농업에 관해 공부하고 있었는데, 선생님께서 이 농장에 초대해주셔서 우리 모두 설레는 마음으로 왔답니다."

그 말은 다소 부풀린 감이 있었다. 적어도 난 설레는 마음이 없었으니까.

선생님은 다시 남자를 향해 미소 지었다.

남자는 그저 고개만 끄덕였다.

"여긴 어떻게 왔소?"

남자가 물었다.

"버스로 왔는데요."

선생님 얼굴을 슬쩍 보니 '일이 어떻게 돌아가는 거야?' 하는 표정이었다.

"얼마나 오래 계실 거요?"

남자가 물었다.

"글쎄요. 학교로 세 시 십오 분까지 돌아가야 하니까, 두 시쯤엔 떠날 예정이에요."

남자는 다시 고개를 끄덕였다. 그러곤 우리 쪽을 봤다가 버스를 쳐다봤다. 그는 입으로 뭔가를 질겅질겅 씹으면서 한동안 아무 말도 하지 않았다. 마치 우리를 데리고 뭘 해야 하나를 궁리하는 것 같았다.

남자는 퉤 하고 침을 뱉었다.

"좋습니다."

그는 한참 뒤에 이렇게 입을 뗐다.

"가시죠."

그는 결국 미소를 지으며 말했다. 적어도 미소를 지으려고 노력은 하고 있었다.

그의 뒤를 따르는 길은 정말 죽을 맛이었다. 처음엔 그게 말투 때문이라고 생각했지만, 알고 보니 그건 문제될 게 없었다. 억양이 강한 것도 아니었으니까. 그는 우리만큼이나 영어를 잘했다.

우리가 헛간을 통과하며 지날 때, 남자는 이렇게 말했다.

"저건 삽이고, 저건 쇠스랑. 그리고 저건 고양이……."

와우, 감동적이군.

그가 하는 일이라곤 그게 다였다. 아니, 아무리 우리가 도시에서 왔기로서니 이렇게 덜떨어진 애들 취급할 수 있는 거야? 우리가 고양이도 모를까 봐서?

아이들 모두 못 말리겠다는 듯 눈동자를 위로 치켜뜨며 한숨을 쉬었다. 그러자 크리저 선생님이 우리를 째려봤다.

선생님은 우리가 조금이라도 더 흥미를 갖고 농장을 구경할 수 있도록 무진 애를 쓰고 있었다. 젖소 떼를 지나칠 때, 젖소들은 몇 살이 되어야 우유를 짤 수 있는지 묻는 식이었다.

남자가 말했다.

"열여덟 살요."

선생님이 말했다.

"정말요? 열여덟 살이나 되어야 한다고요? 젖소들이 그렇게 오래 사는지는 몰랐네요."

선생님은 정말 놀란 것 같았다.

선생님이 거짓말이라는 둥, 장난치지 말라는 둥, 그런 식의 말을 하지도 않았는데 갑자기 남자가 몸을 휙 돌리더니 선생님을 잡아먹기라도 할 듯한 표정으로 노려봤다.

"뭐요?" 남자가 말했다. "지금 내 말이 틀렸다는 거요? 그런 뜻이오?"

그는 들릴 듯 말 듯한 소리로 욕을 하면서 투덜댔다. 우린 모두 그 소리를 들었기 때문에 큰 충격을 받았다.

선생님한테 그런 식으로 말을 하다니.

모든 아이들이 숨을 죽이고 그저 남자만 뚫어져라 쳐다보고 있었다. 크리저 선생님의 얼굴이 새빨갛게 물들었다. 선생님은 미소를 짓고 있었지만, 유쾌한 미소는 절대 아니었다.

선생님이 말했다.

"죄송하지만, 반 워트 씨. 잠깐 저랑 밖에서 얘기 좀 하실 수 있을까요?"

난 선생님이 남자와 따로 밖에 나가는 게 영 찜찜했지만, 크리저 선생님은 이미 문을 활짝 열어젖혀놓고 '너, 두고 보자' 하는 표정을 짓고 있었다.

두 사람은 헛간 밖으로 나갔고, 선생님은 등 뒤로 문을 닫았다.

문이 닫히자 아이들은 크리저 선생님이 정말 화가 나서 남자한테 따끔하게 한마디 할 거라고 웅성거렸다.

하지만 내 머릿속엔 '이 컴컴한 곳에 셰인 녀석이랑 쇠스랑과 함께 꼼짝없이 갇혔구나' 하는 생각뿐이었다. 선생님이 돌아올 때까지 셰인 녀석이 제발 잠자코 있어줘야 할 텐데. 난 만일의 사태에 대비해, 구석 쪽에 있는 안나 맥크리한테 가까이 다가갔다. 안나는 우리 반에서 가장 착하고 얼굴도 예쁜 여자애인데, 셰인 녀석도 안나 앞에서는 어느 정도 사람 행세를 한다.

두 사람이 밖으로 나간 지 한참 시간이 흘렀다. 셰인 녀석이 드디어 처음으로 말문을 열며 그놈의 돼지를 소재로 말장난을 시작했다.

"누구 통돼지 바비큐 파티 하고 싶은 사람?"

그때, 문이 열렸다.

안으로 들어온 사람은 남자였다. 그의 얼굴은 온통 빨갛게 상기되어 있었다. 크리저 선생님한테 망신을 당해 당황했나?

남자가 입을 열었다.

"너희 선생님은 몸이 안 좋으시다. 이제부턴 날 따라와라."

남자는 씩 웃으며 이렇게 덧붙였다.

"자, 정말 재미있는 건 지금부터다."

:: 6 ::
사라진 선생님

처음엔 아이들 모두 다소 풀이 죽은 모양새였다. 크리저 선생님한테 무슨 일이 생긴 건 아닌지, 그냥 집으로 돌아가야 하는 게 아닌지, 선생님을 볼 수는 있는 건지에 대해 서로 얘기를 주고받았다.

남자가 다시 성질을 부릴까 봐 걱정이 되었다. 왠지 좀 짜증스러운 모습이었기 때문이다. 하지만 남자는 그저 몇 번 손으로 이마를 문지르더니 모두 조용히 하라고 했다.

남자는 아까와는 다른 얼굴을 하고 있었다. 목소리는 다정스럽게 들리기까지 했다.

남자가 말했다.

"잠깐, 자, 자…… 너희들한테 사과할 게 있다. 사실, 난 정말로 너희들이 올 거라는 생각을 못했다. 오늘 해야 할 일이 많아서 말이지. 갑자기 너희들이 나타나니까 내가 좀 예민하게 군 것 같구나."

남자는 꽤나 어색한 듯 어깨를 으쓱거렸다. 난 하마터면 미안한 느낌마저 들 뻔했다. 표정을 보아하니 이런 식의 말을 하는 게 어색해서 죽을 맛인 것 같았다.

남자는 땅을 내려다보면서 그저 말을 툭툭 내뱉었다.

"너희 선생님께도 미안하고, 앞으로 화내지 않겠다고 약속하마. 선생님이 갑자기 몸이 안 좋다고 하셨다. 그래서 내가 너희들을 돌볼 테니 선생님은 걱정 마시라고 말씀드렸지. 선생님도 정말 좋은 생각이라 하셨고."

남자는 고개를 들더니 미소를 지었다. 금니 한 개가 보였다.

"잠시나마 선생님을 좀 쉬게 해드리자. 그럼, 이제 우리……"

남자가 우리들과 함께 뭘 어쩌겠다는 건지 난 통 알 수가 없었다. 남자가 다시 입을 떼려 하는데, 내 몸에서 알레르기 반응이 왔다. 그것도 엄청난 반응이.

내내 재채기를 하지 않으려고 무진 애썼지만, 헛간에는 건초더미와 먼지는 물론 지저분한 것들이 너무나도 많아서 재채기를 하는 건 시간문제라는 걸 난 알고 있었다. 결국 일이 터지고 만 것이다.

난 몸에 잔뜩 힘을 주고 양쪽 콧구멍을 꽉 눌러 막았다. 그리고 숨을 참으며 얼굴을 찡그렸다.

하지만, 아무 소용 없었다.

재채기는 마치 로켓 같았다. 더 이상 참을 수가 없었고, 결국, 내 얼굴이 폭발하고 말았다.

재채기 소리가 어찌나 크던지 여자애들이 마치 사나운 개한테 물리기라도 한 것처럼 비명을 질렀다. 정말 끔찍한 일은, 내 콧구멍을 막고 있던 티슈들이 피 묻은 총알처럼 헛간을 가로질러 발사됐다는 것이다.

잠시 동안은 아무도 무슨 일이 벌어졌는지 알지 못했다. 쥐죽은 듯한 정적이 흐른 뒤, 누군가 발사된 티슈 쪽으로 가까이 가서 살펴보고 나서야 무슨 일인지 상황 파악을 한 모양이었다. 아이들이 손가락질을 하며 웅성거렸다. 모두들 나를 바라보며 '어휴' 하는 표정을 지었다.

난 "미안해" 하고 말했지만, 그 말 역시 우스꽝스럽긴 마찬가지였나 보다.

그럼 그 상황에서 내가 딱히 무슨 말을 하겠어?

머쓱하고 창피한 기분에 그저 잠자코 서 있는데, 남자가 소리를 질렀다.

"시끄럽다!"

뒤쪽에서 누군가가 억지로 웃음을 참고 있었지만, 나머지 아이들은 금세 조용해졌다. 난 재채기가 또 나오려는 걸 느꼈다. 이번 재채기는 아까보다 더 큰 놈이었다. 이번엔 난장판이 되고 말 거다. 안 봐도 비디오다. 난 손을 들었다.

"뭐냐?"

남자가 나를 째려보며 물었다. 이제 작작 좀 하라고 짜증내는 듯한 말투였다.

난 간신히 말을 꺼냈다.

"화장실 좀 쓰고 싶은데, 어디 있나요?"

"잘 모르겠는데."

남자는 퉁명스럽게 말했다.

교장선생님 말씀에 따르면 반 워트 씨는 이곳 시골에서 산 지 몇 년밖에 안 됐다고 한다. 아무리 그래도 그렇지, 자기 집 화장실이 어디에 붙어 있는지 확인할 시간도 없었을까.

뭔가 잘못되었다는 걸 직감했어야 했는데, 그때 난 완전히 '멘붕' 상태나 다름없었다. 또 한 번의 재채기가 내 몸을 엄습하고 있었기 때문이다. 난 고개를 뒤로 돌린 채, 코에서 커다란 해파리 두 마리를 방출시켰다. 그 바람에 코에서 또다시 피가 흐르기 시작했다.

모두 비명을 질렀다. 아이들은 나를 피하려고 거름더미 곁으로 (거름인 걸 알면서도!) 뒷걸음질 쳤다. 모두가 날 둥그렇게 둘러싸고 있는 한가운데서, 난 그저 머리 숙인 채 콧구멍에서 흐르는 끈적거리는 콧물을 닦아내고 있을 뿐이었다.

이번엔 남자마저 역겨워했다. 또다시 울컥 치미는 성미를 꾹꾹 참느라 애쓰고 있었다.

"도대체 너 왜 그러냐?"

남자가 따지듯 말했다.

"알레르기 약을 먹어야 해요."

"그게 어디 있는데?"

"버스에 두고 왔어요."

난 입에서 해파리 같은 콧물을 닦아내며 대답했다.

그러자 남자가 화를 냈다.

"말했지! 버스엔 갈 수 없다고. 너희 선생님이 아프다니까 그러네. 선생님 쉬시는 걸 방해하면 되겠냐?"

"저한텐 정말 티슈가 필요하다구요."

여전히 남자는 영 심기가 불편해 보였다.

"누구 티슈 가지고 있는 사람?"

남자가 물었다.

하지만 아무도 대답하는 사람은 없었다.

티슈를 가지고 다니는 사람은 아무도 없었다. 우리 반에서 코를 풀 휴지가 필요한 사람이 오직 나 한 명뿐이라니.

젠장. 셰인 녀석이 두고두고 날 괴롭힐 건수가 또 생겼네.

남자는 어깨를 으쓱거리며 말했다.

"그냥 옷소매로 닦으면 되잖아."

아이들이 비명을 지르며 웅성거렸다.

"알았어, 알았어, 알았다고!" 남자가 말했다. "집 안에 들어가서 티슈를 가져와라. 시간은 1분 주겠다. 시간 끌면 쫓아갈 거다."

그 말이 마치 협박처럼 들렸다. 아이들이 다시 웅성거리기 시작했다.

남자는 미소를 지으며 말했다.

"내 말은, 다른 친구들을 기다리게 하지 말라는 거다. 알았냐?"

남자가 문을 열어주자 난 고개를 숙인 채 밖으로 달려 나갔다. 너무 창피했다. 반 아이들을 다시 안 볼 수만 있다면 지구 끝까지라도 뛰어가고 싶었지만, 가봐야 어딜 가겠어? 뛰어봐야 벼룩이지. 이놈의 농장은 시골이라 부르기에도 과분한 곳이다. 소위 '시골'이란 곳에서도 150킬로미터 이상 떨어진 외딴 곳이니 말이다. 여기 사람들은 뭔가 재미있는 소일거리를 찾으려고 그 '시골'이란 곳에 간다고 하니 말 다했지 뭐.

또 한 번 재채기가 나왔고 목이 끊어질 듯 아팠다. 그깟 티슈 두어 장으로 뭘 어쩌겠다고. 티슈가 있으면 한 3초쯤은 견딜 수 있겠지. 알레르기 약을 먹지 못하면, 아마 집에 도착할 때까지 이렇게 재채기를 해야 할 거다. 목에 염증이 생기지 않으면 다행이지.

난 헛간 쪽을 뒤돌아봤다. 남자가 있는 곳에서는 버스 출입문이 보이지 않을 것 같았다. 내 배낭은 바로 앞자리에 있으니까 잽싸게 달려가 약을 챙겨 오는 건 몇 초면 될 것 같았다. 그깟 일로 크리저 선생님이 뭐라고 하시진 않겠지. 혹시 알아? 선생님한테 뭐라도 필요한 게 있을 수 있잖아?

　난 살며시 버스 앞쪽으로 다가갔다. 버스 기사 아저씨는 머리를 운전대 위에 기댄 채 엎드려 있었다. 낮잠을 자는 모양이었다.

　그런데, 그게 아니었다.

　버스 문을 열자마자 난 깜짝 놀랐다. 크리저 선생님이 얼굴을 바닥에 처박은 채 엎드려 있었고, 그 주위로는 피가 낭자했다.

:: 7 ::
버스 안에서

버스 기사 아저씨는 두 팔이 뒤로 묶인 채 기절해 있었다. 입 안에는 티셔츠가 처박혀 있었다. 너무 끔찍한 광경이었다.

짐승한테나 할 짓이지 이게.

내가 입에서 티셔츠를 잡아 빼자 아저씨가 숨을 쉬었다.

크리저 선생님은 두르고 있던 푸른 스카프로 두 손이 묶여 있었다. 선생님도 남자한테 머리를 가격당한 게 분명해 보였지만, 정작 날 두렵게 만든 건 선생님의 스카프였다. 피해자 자신의 스카프에 두 손이 묶인 모습은 유별나게 더 잔인해 보였다. 그때 왜 그런 생각이 들었는지 모르겠지만, 아무튼 그랬다. 아무래도 그땐 제정신이 아니어서 그랬을 거다. 모든 상황이 너무 섬뜩했다. 내 몸은 너무나도 잽싸게 움직이고 있는데 머릿속은 슬로모션으로 돌아가고 있었다.

난 크리저 선생님의 얼굴에서 머리카락을 떼어냈다. 이마에 커다랗게 베인 듯한 상처가 있었지만, 다행히 선생님은 살아 있었다.

선생님이 살짝 눈을 뜨더니 신음소리를 냈다. 난 어찌 해야 할지 몰라 당황스러웠다. 지금 생각해보면, 버스 기사 아저씨의 무전기로 구조 요청을 하거나 도망쳤어야 했지만, 난 아무것도 하지 못했다. 그저 한동안 두려움에 몸을 떨면서 만약 남자한테 잡히기라도 하면 어쩌나 하는 생각만 하고 있었다.

크리저 선생님의 도움이 필요했다.

"괜찮으세요?"

그렇게 물었지만, 바보 같은 질문이었다. 선생님이 엎드려 있는 곳은 여전히 피투성이였다. 물어보나 마나 선생님이 괜찮을 리 없잖아.

내가 막 선생님의 묶인 손을 풀려고 하는 순간, 남자의 목소리가 들렸다.

"……그리고 모두 꼼짝 말고 있어라! 정말이다! 잠시 후 다시

와서, 음, 견학을 마치도록 하겠다."

난 버스 창밖을 내다봤다. 남자가 내 쪽으로 오고 있었다. 난 묶인 스카프를 풀려고 안간힘 썼지만, 손이 말을 듣지 않았다. 내 몸은 심하게 떨리고 있었다.

"다시 올게요!"

그렇게 말했지만, 정말 그럴 수 있을지는 장담할 수 없었다. 하지만 크리저 선생님은 정말 좋은 분이다. 그런 선생님을 아무 희망도 없이 버려두고 떠나고 싶지 않았다.

막 문을 열고 나가려는 순간, 티슈 생각이 났다. 난 구급약통에서 티슈 몇 장을 움켜쥐고 버스 밖으로 빠져나왔다.

남자가 어째서 날 발견하지 못했는지 모르겠지만, 아무튼 난 들키지 않았다. 난 간신히 버스 뒤쪽으로 달려간 다음 방금 집에서 나오는 것처럼 꾸몄다. 한가롭게 걷는 것처럼 보이려고 애썼다. 마치 아무것도 모르는 사람처럼. 물론 감쪽같이 속여 넘길 수 있을 거란 생각은 하지 않았다. 내 두 다리는 끈적거리는 벌레가 기어가는 것처럼 움직이고 있었으니까 말이다.

"티슈 찾았어요."

난 허공에 티슈를 흔들었지만, 남자와 눈이 마주치지 않게 조심했다. 이러다 탄로날까 봐 마음이 조마조마했다. 난 콧물을 훔쳤다.

"시간은 충분히 줬다." 남자가 말했다. "막 걱정이 되던 참이야."

그러더니 남자는 내 팔을 잡고 밀다시피 힘을 주며 나를 헛간으로 끌고 갔다.

"자, 남은 일정을 계속 해야지? 이제부터가 재미있을 거야."

남자가 말했다.

"다음 순서는 도살장이다."

:: 8 ::
남자의 정체

다시 헛간으로 되돌아왔을 때 남자는 여전히 웃고 있었다. 이젠 제법 긴장이 풀렸는지 이 상황을 즐기고 있는 듯했다. 난 좋은 징조는 아니라는 걸 직감했다.

벤비 선생님은 도대체 왜 우릴 이런 곳에 데려올 생각을 했을까? 벤비 선생님은 반 워트 씨와 친한 사이다. 선생님 말로는 그랬다. 선생님은 반 워트 씨와 늘 농장 일에 관해 얘기를 나눈다고 했다. 그런 선생님이라면 반 워트 씨에게 무슨 문제가 있을 경우 진즉 눈치를 챘어야 한다. 그러니까, 자세히 살폈어야 한다는 뜻이다.

문신이나 금니, 혹은 빡빡 밀어버린 머리 따위를 얘기하는 게 아니다. 누나의 남자친구도 그런 것들이 있고 입술엔 피어싱까지 했다. 그래도 남자친구는 아무 문제가 없었다. 심지어 할머니도 좋아할 정도니까.

하지만, 이 남자는 뭐냐고? 시도 때도 없이 씩 웃는 것쯤은 문제가 아니었다. 남자의 눈빛은 너무도 섬뜩했다. 난 벤비 선생님이 어떻게 이런 사실을 모를 수가 있는지 도무지 이해가 되지 않았다. 예전엔 그런 모습을 숨기고 있었던 걸까? 그저 우릴 유인하려고 선생님 앞에서는 멀쩡한 얼굴로……?

그렇다면 왜?

우리한테 무슨 짓을 하려는 거지?

이렇게 많은 아이들한테 뭘 원하는 거냐고?

도저히 앞뒤가 맞지 않았다.

남자는 손에 쇠스랑을 든 채 자기가 캠프 지도자라도 된 듯 씩 웃고 있었다.

"좋아. 자, 얘들아. 움직이자. 헛간엔 별게 없단다. 하지만, 옆 건물로 가면 정말 재미있는 걸 볼 수 있을 거다."

만약 남자가 여자애들 중 한 명에게 '이쁜이' 어쩌고 하며 부르지만 않았다면, 진짜 선생님이 하는 말처럼 들렸을지도 모른다.

난 겁이 났다. 누구에게든 내가 본 걸 말해주고 싶었다. 하지만, 누구한테? 내가 말을 걸 만한 사람이 있나? 우리 반에 친구가 한 명도 없어서 하는 말이 아니다. 만약 내가 누군가에게 다가가서 말을 꺼내려 한다면, 십중팔구 비명을 지르며 도망갈 게 뻔한데 말이지. 아무도 '피그보이' 옆에는 오려 하지 않았다. 특히, 재채기 사건 이후로는 더더욱.

설령 누가 옆에 오게 놔둔다 하더라도, 난 말 한마디 꺼낼 기회조차 없을 거다. 남자는 내 동작 하나하나를 눈여겨보고 있었다. 게다가 쇠스랑까지 든 채로. 남자는 여느 선생님들처럼 '수업 중에 귓속말'을 한 정도는 그냥 모른 척해줄 타입이 아니었다.

우리가 도착한 곳은 판자로 창문이 막히고 나무로 된 출입문이 있는 통나무 오두막 같은 곳이었다.

남자는 자물쇠를 열고 안나 맥크리를 보며 미소 지었다.

"먼저 들어가거라."

남자는 그렇게 말하곤 윙크를 보냈다.

출입문에 차갑고 암울한 느낌이 감도는 게 느껴졌다. 아이들이 뭉기적뭉기적 안으로 들어가는 걸 보고 남자는 아이들을 떠밀듯 몰아넣었다.

"자! 빨리! 그렇지!" 남자가 말했다. "이 안에 너희들한테 보여주고 싶은 게 있다."

아이들이 거의 모두 안으로 들어갔을 무렵, 안나가 비명을 질렀다.

"여기 사람이 있어요! 피를 흘리고 있어요!"

그 다음엔 너무나 빠르게 일들이 벌어졌다. 몇몇 아이들이 구경을 하려고 달려들었다. 나머지 아이들은 밖으로 나가려 했다. 하지만 남자는 쇠스랑으로 아이들을 밀어붙이기 시작했다. 모두 비명을 지르고, 울고, 여기저기 긁히고, 난리법석이었다.

그런데, 웬일인지 남자는 내가 몸을 숙이고 납작 엎드려 재빨리 빠져나가는 걸 눈치채지 못했다. 난 통나무 오두막의 측면으로 정신없이 뛰었다. 그리고 혹시 남자가 날 쫓아오지 않는지 확인하기 위해 잠시 기다렸다.

남자는 출입문을 쾅 하고 닫더니 빗장을 내렸다. 그러곤 자물쇠를 잠그고 나서 유유히 걸어갔다. 비명소리 따위는 전혀 신경 쓰이지 않는 듯 보였다.

내 인생을 통틀어 삐쩍 마른 내 몸이 이렇게 고마운 적은 처음이었다. 내 앞으로 작은 수풀이 보였다. 난 통나무 오두막의 벽면에 납작하게 기댄 채, 남자가 날 발견하지 못하고 지나치기만을 기도했다.

남자는 딱 한 번 뒤를 돌아봤다. 요란한 소리가 났다. 내 생각엔 안에서 누군가 문을 부수려고 쾅쾅 치는 소리 같았다. 하지만 아이들의 힘으로 그곳을 빠져나올 방법은 없었다.

남자는 그저 피식 웃더니 계속 걸었다.

난 남자가 계속 걷기를 바랐다. 멈추지 말고. 계속.

만약 남자가 한동안 떠나 있다면, 혹시 내가 문을 열 수 있을지도 모르잖아. 우리 모두 힘을 합치면, 남자를 제압할 수 있을지도 모르고. 혹시 알아? 드디어 셰인의 못된 구석을 써먹을 날이 온 건지도 모르지.

남자가 가던 길을 멈췄다. 그리고 울타리에 몸을 기대더니 담배를 꺼냈다. 하지만 급히 담뱃불을 붙이려다 성냥을 열댓 개쯤 버렸다. 담배 생각이 어지간히도 간절했던 모양이다.

남자가 다시 담뱃불을 붙이려고 하는데 전화벨이 울렸다. 난 깜짝 놀랐지만, 남자는 전혀 놀라는 기색이 아니었다. 심지어 주변을 살피지도 않았다. 남자는 헛간 옆에 놓여 있던 드럼통을 세우더니 그 위로 올라갔다. 그리고 지붕에서 내려오는 홈통 주변을 더듬거리더니 휴대폰을 집어 들었다.

"여보세요."

남자가 말했다. 그러고 나서 한동안 듣기만 했다. 난 전화를 건 사람이 뭐라고 말하는지 들을 수 없었지만, 상대방이 남자를 화나게 하는 말을 하고 있는 게 분명했다.

무슨 욕을 해댔는지는 얘기하지 않겠다.

남자의 얼굴색이 붉으락푸르락해졌다.

잠시 후 남자가 말했다.

"나 좀 골탕 먹이지 말란 말이야! 그게 왜 내 잘못이야? 내가 어떻게 전화를 하냐? 네가 그랬잖아, 여긴 한 사람밖에 없을 거라고!"

상대방이 뭐라 뭐라 떠들어대자 남자는 다시 언성을 높였다.

"글쎄, 네가 잘못 알고 있는 거 아냐? …… 애들이 한 무더기라니까. 어떤 애들이냐면…… 아니. 한두 명이 아니라니까! 이십 명? 삼십 명? 그리고 선생 한 명에 버스 기사까지."

그러더니 회심의 미소를 지으면서 말했다.

"하지만, 내가 다 처리했지. 아무튼 넌 도움이 안 된다니까!"

전화를 건 상대방이 어떤 말을 한 모양이었다. 남자는 불같이

화를 내며 말했다.

"진정하란 소리 좀 그만하라구! 너나 잘하세요! 여기서 빨리 빠져나가지 못하면, 난 죽은 목숨이라구. 경찰들이 벌써 쫙 깔렸을 텐데 말이야."

남자는 발로 담배꽁초를 비벼 끄며 말했다.

"그래서, 이제 나보고 어쩌라는 거야, 이 잘난 양반아?"

남자는 마치 뭐라도 들이받으려는 황소처럼 마당 주위를 맴돌았다. 남자의 목에도 이상한 게 보였다. 소름이 끼쳤다. 공포영화에 나오는 것처럼 목이 경련을 일으키더니 피에 굶주린 살인마처럼 모습이 변했다.

남자는 계속 말했다.

"사람들이 내 얼굴을 봤다니까 그러네! 삼십 명이나 되는 애들 앞에서 어떻게 얼굴을 숨기라는 거야? 날 반 워트란 사람으로 알고 있더라구. 내가 그 녀석들을 그 자식과 한군데에 가둬놓기 전까진 말이지……"

어처구니없는 소리로 들릴 게 뻔하지만, 난 그 순간까지 남자가 바로 반 워트 씨인 줄로만 알고 있었다. 딱 보아하니, 저 남자는 여기서 인스턴트 음식이나 텔레비전도 없이 살았다간 완전히 또라이가 되고도 남을 것 같다는 생각이 들었다. 그런 생각을 하니 나도 돌아버릴 것 같았다.

난 몸을 숨기고 남자를 지켜보다가, 남자가 단순히 오늘 일진이 안 좋거나 순간적인 화를 참지 못해 저러는 게 아니란 걸 깨달았다. 불같은 성미는 오랫동안 몸에 배인 게 틀림없었다. 그에 비하면, 셰인 녀석은 주일학교 교사나 다름없었다. 애송이지, 애송이.

"말했지! 목격자를 그냥 놔둘 순 없다니까."

남자는 계속 말을 이었다.

"난 거기엔 다신 안 갈 거야."

남자는 잠시 상대방의 이야기를 듣더니 아까 전의 괴상한 경련을 다시 일으키며 웃었다.

"알았어. 아무래도 그래야 할까 봐. 끔찍한 사고로 위장하는 게 바로 내 전문이잖아……."

:: 9 ::
버스냐, 오두막이냐

난 그런 소리를 듣는 게 싫었다. 그 소리가 끔찍하게 싫었다. 사고가 나면 사람들은 으레 다치기 마련이다. 끔찍한 사고가 나면 목숨을 잃을 수도 있다. 난 남자가 우릴 상대로 무슨 짓을 벌이려고 하는지 생각조차 하기 싫었다.

남자는 잠시 더 상대방의 이야기를 듣더니, 휴대폰을 홱 접으며 전화를 끊었다. 그러곤 목을 또다시 실룩거리더니 헛간 옆으로 사라져버렸다.

난 있는 힘을 다해 도망쳤다. 남자가 언제 다시 모습을 보일지, 혹은 뭘 들고 나타날지 모르니까. 칼? 권총? 폭탄? 난 온갖 상상에 미쳐버릴 것만 같았다.

헛간 앞을 가로질러 쏜살같이 뛰었다. 내 발이 미처 땅에 닿을 새도 없었다. 난 낡은 초록색 마차 뒤에 몸을 숨기고 숨을 골랐다.

남자의 모습은 보이지 않았지만, 그가 아직 헛간 뒤쪽에 있다는 걸 눈치챌 수 있었다. 돼지들이 열심히 남자의 냄새를 맡으며 킁킁거리는 소리가 들렸다. 틀림없이 저 불쌍한 녀석들은 누군가 먹이를 주러 와주길 애타게 기다렸을 거다. 그런 차에 누군가가 나타났으니 환장을 하고도 남지.

버스까지의 거리가 오두막까지의 거리보다 가까웠지만, 버스 안으로 숨자니 너무나도 겁이 났다. 만약 남자가 헛간 모퉁이쯤에 와 있다면 눈에 띌지도 모른다. 게다가 날 쫓아 버스로 오면 더 이상 도망칠 곳이 없으니, 꼼짝없이 독 안에 든 쥐 꼴이 되겠지.

그대신에 통나무 오두막 안으로 들어가기로 했다. 어쩌면 전화를 걸 수도 있지 않을까. 설마 숨을 곳이 없겠어? 난 결심을 굳혔다.

난 마차 뒤쪽에서부터 오두막 앞까지 최대한 빨리 달렸다. 그러곤 멈춰 서서, 꼼짝 않고 있었다. 혹시라도 남자가 날 발견했을까 봐 숨을 죽이고 주위 소리를 들었다. 다행히 발소리는 나지 않았다. 아무 소리도 들리지 않았다. 마침내 난 참았던 숨을 내

쉬었다. 됐다. 지금까진 괜찮아.

오두막 문을 조심스럽게 열었다. 문은 잠겨 있지 않았다. 난 몰래 집 안으로 숨어 들어갔다. 집 안은 정말 고요했다. 단순히 고요한 게 아니라 평화롭기까지 했다. 나이 지긋한 할머니가 사는 집 같은 느낌이었다.

뒤꿈치를 들고 살금살금 거실로 다가가는데, 갑자기 묘한 기분이 들었다. 왠지 예전에 와본 듯한 느낌이었다. 그럴 리 없다는 걸 알지만, 왜 모든 것이 이렇게나 친근한 느낌이 들까? 난 주위를 둘러봤다. 나무 바닥. 나무 의자들. 나무 탁자. 천 조각들로 만든 깔개. 오래된 석유등 두 개. 벽난로.

생각났다. 이것들을 전에 어디에서 봤는지 기억났다.

박물관.

이곳은 바로 박물관의 '주거의 역사'관에 전시되어 있는 '초기 이주민'의 집과 똑같았다. 우린 매년 학기 초면 박물관에 끌려가듯 가야 했다. 지금 여기에 관람객의 접근을 막는 밧줄을 쳐놓고, 긴 드레스와 복고풍의 모자를 쓴 가이드만 있다면 딱이겠지.

이런 집 안에 전화기가 있을 리 없다는 걸 알았지만, 그렇다고 전화기를 찾는 걸 포기할 순 없었다. 그건 내 유일한 희망을 포기하는 거라는 생각이 들었다.

마치 나한테 두 개의 뇌가 존재하고 있어서 각각 따로 할 일을 시키는 것 같았다.

한쪽 뇌는 이렇게 말하고 있었다. 전화기를 찾아야 해! 구조 요청을 해야 한다고!

다른 쪽 뇌는 이렇게 말하고 있었다. 괜히 헛수고하지 마! 이 집 주인은 아직도 1895년도에 사는 사람이라니까. 전화기 따위가 있을 리 없어! 티슈 따위도 물론 없고 말이야. 여기서 나가야 해! 도망치란 말이야!

난 바보처럼 그저 빙빙 원을 그리며 돌고만 있었다. 어느 쪽 말을 들어야 할지 몰랐다. 이러다간 오후 내내 빙빙 원을 그리며 돌고만 있을지도 모를 일이었다.

만약 그때, 뒤쪽에서 문이 열리는 소리가 들리지 않았다면 말이지.

:: 10 ::
무기가 필요해

난 거실을 휙 둘러봤다. 숨을 만한 곳이 없었다. 커다란 소파도 없었고, 커튼도 없었다. 물론 옷장도. 어떻게 해야 할지 몰랐다.

그 순간 내 머리는 뭘 해야 할지 몰라 버벅거리고 있었다. 그야말로 멘붕 상태였다.

그래도 내 몸은 재빨리 반응하고 있었다. 벽난로가 눈에 들어왔다. 벽난로가 보인다는 사실을 인지하기도 전에, 이미 난 몸을 낮춰 그 속을 비집고 들어가고 있었다. 내 몸을 롤케이크처럼 둥글게 말아야 들어갈 수 있을 정도로 비좁은 공간이었다.

남자가 쳐들어오듯 집 안으로 들어왔을 때, 난 간신히 왼발을 집어넣었다. 남자는 욕지거리를 내뱉으며 씩씩거렸다. 몹시 흥분한 상태였다.

남자는 곧장 벽난로 쪽으로 향했다. 나와 남자 사이에서 유일하게 시야를 가로막는 건 작은 나무탁자뿐이었다. 남자가 고개라도 숙이면, 난 끝장이 날 판이었다.

난 눈을 질끈 감았다. 혹시 내가 죽게 되더라도, 남자의 추악한 얼굴을 죽기 전 마지막으로 본 모습으로 남기고 싶진 않았다. 난 마음을 굳게 먹었다.

하지만, 아무 일도 일어나지 않았다. 적어도 나한테는 아무 일도 일어나지 않았다.

남자는 계속 욕을 퍼부으며 벽난로의 장식들을 모조리 뜯어내고 있었다. 작은 나무탁자도 발로 걷어찼다. 난 빼꼼 눈을 떴다. 내 얼굴에서 불과 15센티미터 정도 떨어진 곳에 남자의 무릎이 보였다. 내가 벽난로 속에 웅크리고 있다는 사실을 남자는 까맣게 모르고 있었다.

까만 숯검정이 내 몸으로 계속해서 떨어졌다. 바로 내 눈으로, 그리고 내 콧등으로. 내 셔츠 위로도 숯검정이 떨어졌다. 보통의 경우라면, 머리가 떨어져나갈 듯이 재채기를 하고 말았을 거다. 이렇게 있다간 재채기를 하는 건 시간문제라는 생각이 뇌리를 스쳤다.

하지만, 난 재채기를 하지 않았다. 심지어 코끝이 실룩실룩하지도 않았다. 때론 공포심이 어떤 약보다도 훨씬 효과가 있다는 생각이 들었다. 솔직히, 여느 때라면 벌써 약을 먹어도 몇 번을 먹었을 텐데 말이지.

거실을 짓밟고 돌아다니는 남자의 부츠가 보였다. 남자는 뭔가 다른 것을 찾고 있었다. 하지만 쉽게 찾지 못하는 모양이었다. 누가 봐도 참을성이 없는 남자임에 분명했다. 포기도 참 쉬웠다.

"그 애들은 여기 없다니까!"

남자가 말했다.

그제야 난 남자가 심심풀이로 욕을 퍼붓고 있었던 게 아니란 사실을 깨달았다. 남자는 아까처럼 전화로 누군가와 통화를 하고 있었다.

"그래, 말했잖아!"

남자가 계속 말했다.

"석유등, 찾았어…… 그래, 그것도 찾았어. 그게 문제가 아니라니깐! 진짜 문제는 나한테 성냥이 더 없다는 거야. 나 좀 그만 골탕 먹이라고 했지! 불이 필요하다구, 알아들어? 성냥이 어디 있는지나 알려달라니까!"

잠시 두 사람은 아무 말도 없었다. 그러더니 뭔가 벽에 세게 부딪치는 소리가 들렸다. 집 전체가 흔들렸다. 물론, 나 역시 흔들렸다.

남자는 쾅 소리를 내며 다시 주방으로 되돌아갔다.

"그 말을 왜 이제야 하는 거야?!?"

심장이 쿵쾅거리는 와중에도 난 남자의 말을 똑똑히 들을 수 있었다.

"그래, 지금 주방 안에 있어!…… 식기실(食器室)이라니, 그게 뭔데? 그게 뭔지 내가 어떻게 알아?!…… 잔말 말고 어디 있는지나 말하라니까! 야, 여기서 일한 건 바로 너잖아. 내가 아니라구. 그 자식이 성냥을 어디 두는지 내가 알 게 뭐야! 불을 지르려면 성냥이 있어야 할 거 아니냐구!"

불을 지른다니.

난 똑똑히 들었다.

난 그 말이 무슨 뜻인지 잘 알았다. 하지만, 그 말뜻을 이해하는 데는 정말, 정말 오랜 시간이 걸렸다. 남자는 통나무 오두막을 통째로 불태우려 하고 있었다. 모두 그 안에 몰아넣고. 불길

속에 말이다. 그래서 그렇게 성냥을 찾고 있었던 거다. 석유 얘기를 꺼낸 것도 바로 그 때문이었고. 남자가 꾸미고 있던 끔찍한 사고란 바로 그거였다.

바닥에서 의자가 끼익 하고 끌리는 소리가 들리더니, 남자가 주방을 돌아다니는 소리가 들렸다. 접시 두어 개가 깨지는 소리도 들렸다. 닥치는 대로 집어던지는 모양이었다. 남자는 집 안이 난장판이 되든 말든, 전혀 상관하지 않는 게 분명했다.

잠시 후, 갑자기 요란한 소리들이 멈췄다.

남자가 말했다.

"그래, 여기. 찾았어."

문 닫히는 소리가 쾅 하고 들리더니 주위가 조용해졌다. 남자가 밖으로 나간 듯했다. 그제야 난 간신히 숨을 고를 수 있었다.

숨을 곳이 필요했다. 내 몸을 완벽하게 숨길 수 있는 장소. 남자가 완전히 사라질 때까지 숨어 있을 만한 곳. 남자는 한 사람도 살려두려 하지 않을 거야. 내가 도망쳤다는 사실은 꿈에도 모르고 말이야. 그저 통째로 불을 지르고 휙 떠나버리면 그만인 거지. 얼마 안 가서 경찰들이 도착하겠지. 그때 난 모든 걸 설명하면 된다. 경찰도 이해하겠지.

그래, 맞아.

내가 왜 겁쟁이처럼 그랬는지 이해할 거야. 우리 반 전체를 죽게 놔둔 것도. 아이들을 구할 수 있는 기회가 있었는데, 대신 나만 빠져나온 것도.

이런, 젠장.

내 인생이 정말 형편없구나 하는 생각이 들었다. 만약 이대로 셰인을 죽게 놔둔다면 어떨지 상상을 해보라구. 그 녀석은 영웅으로 인생을 마감하겠지. 비극을 맞은 다른 녀석들 역시 모두 영웅으로 남을 테고. 어느 누구도 셰인이란 녀석이 얼마나 또라이 같은 놈이었는지, 다른 아이들을 얼마나 많이 괴롭혔는지, 그리고 매일매일 날 얼마나 못살게 굴었는지 따위는 전혀 기억하지 못할 거다. 사람들의 머릿속에서 그 따위 것들은 싹 잊히겠지. 난 겁쟁이로 살게 될 테고, 셰인은 용감히 전사한 영웅으로 남을 거다. 이 순간부터 영원히. 나한테 그걸 회복할 기회란 절대 오지 않을 거다.

무슨 일이든 시도라도 해볼 필요가 있었다. 그래, 뭔가 시도라도 해본다면, 아무도 나한테 손가락질은 못하겠지.

난 벽난로에서 빠져나온 뒤 창문으로 가서 커튼 사이로 밖을 살폈다.

　남자의 모습은 보이지 않았다. 버스는 길 위에 그대로 서 있었다. 그런데 통나무 오두막 옆쪽으로 깡통 하나가 보였다. 아마 석유가 들어 있겠지. 우리 할머니가 사시는 작은 시골집에도 전기가 나갈 경우에 대비해 비슷한 걸 놔두고 계신 걸 본 적이 있다. 석유등에 넣는 기름 같았다. 만약 그걸 집 주위에 뿌린다면, 통나무 오두막은 종잇장처럼 순식간에 화염에 휩싸이고 말 거다. 오두막 안에 갇힌 사람들이 빠져나올 겨를 없이. 난 다시 몸이 떨리기 시작했다.

　남자가 버스 기사 아저씨를 통나무 오두막 쪽으로 질질 끌고 오는 게 보였다.

　잠시 후, 남자는 다시 버스로 되돌아가더니 크리저 선생님도 끌고 나왔다. 선생님은 몸을 허우적대고 있었지만, 남자는 전혀 개의치 않았다.

　뭐라도 해야 했다.

　난 주방으로 뛰어 들어갔다. 무기가 필요했다. 망치 같은 것. 아니면 프라이팬이라도. 아무튼 뭐라도 집어 들어야 했다. 한심한 소리로 들릴 게 뻔하지만, 아무튼 난 남자의 뒤에 몰래 숨었다가 확 내려칠 작정을 하고 있었다. 쥐도 궁하면 고양이를 문다더니, 바로 이런 때를 말하는가 보다.

주방에 막 들어섰을 때, 난 무기보다 더 좋은 걸 발견했다.

바로 남자의 휴대폰이었다.

:: 11 ::
911 긴급전화

휴대폰은 탁자 위에 남자의 담배와 나란히 놓여 있었다. 난 손에 묻은 숯검정을 닦은 다음 전화기 버튼을 눌렀다.

세상에, 이럴 수가. 누군가 전화를 받았다.

어떤 여자가 전화를 받더니 이렇게 말했다.

"911(한국의 119:옮긴이) 상황실입니다. 무엇을 도와드릴까요?"

TV에서 보던 것과 똑같았다.

난 그녀에게 말했다. 아니, 최소한 말하려고 했던 것 같다. 말도 안 되는 소리처럼 들릴지 모르겠지만, 어떤 남자가 날 죽이려고 되돌아오고 있다고. 그런 상황에서 정신을 똑바로 차린다는 게 쉽지 않았다. 난 그저 머릿속에 떠오르는 말들을 아무렇게

나 중얼거리고 있었다. 상담원이 이내 전화를 끊어버릴 것만 같았다. 완전히 미친 소리나 마찬가지였으니까. 내가 생각해도 다분히 제정신으로 하는 소리는 아닌 것 같았으니 말이다. 어떤 남자가 우리 반 전체를 납치해서 불에 태워 죽이려 한다고? 도대체 누가 그런 소리를 믿으려 할까?

상담원은 믿으려고 했다. 아니, 적어도 그래 보였.

상담원은 "오호, 그러셔?……" 따위의 말이나 장난질 그만하라는 말 같은 건 하지 않았다. 그저 계속해서 이것저것 물었다.

"진정하시고요." 그녀가 말했다. "휴대폰 번호가 어떻게 되시죠?"

"모르겠어요. 제 전화가 아니거든요."

"알았어요. 그럼, 주소를 말씀해주세요."

"주소라면, 우리 집 주소 말인가요? 내가 사는 집요?"

난 도대체 무슨 생각으로 그렇게 말했을까? 이런 등신. 설마 내가 어디 사는지 궁금해서 물었겠어?

"그게 아니고, 학생."

그녀는 기가 막혀 웃거나 별 이상한 놈을 다 봤다는 식으로 말하진 않았다.

"지금 있는 곳의 주소 말예요. 지금 있는 곳이 어디냐고요."

그 질문에 난 더 답답해졌다. 이놈의 농장 주소가 뭔지는 내가 알 바 아니었으니까. 난 그날 우리가 어디로 가든지 말든지 전혀 관심이 없었다. 내 머릿속엔 다른 생각들이 꽉 차 있었다. 농장에 도착하면 셰인 녀석이 나한테 무슨 짓을 할까에 더 촉각을 곤두세우고 있었다.

난 머리를 쥐어짜며 기억해내려 애썼다. 교장선생님이 우리 목적지가 어디라고 말씀하시던 걸 기억해내려 애썼다. 하지만, 난 체험학습 일정이 취소되지 않은 것에 너무 화가 난 나머지 교장선생님 말 따위는 기억조차 없었다. 그래서 이번엔 부모님께 사인을 받아야 했던 체험학습 동의서를 떠올리려고 기억을 더듬었다. 하지만, 누가 그딴 걸 제대로 읽기나 한대? 결국 난 아무것도 기억해내지 못했다. 벤비 선생님이 이 농장을 뭐라 불렀었는지도.

이제 내 머릿속엔 남자가 날 없애려고 다시 돌아오고 있다는 생각뿐이었다.

"얘기 듣고 있어요?" 상담원이 말했다.

"네. 듣고 있어요."

도대체 '여기'가 어디냐고? 상담원한테 어서 말하란 말이야.

"우린 시골 흙길의 끝에 있어요. 고속도로에서 멀리 떨어진 곳이에요."

"무슨 고속도로죠?" 상담원이 말했다.

나야 모르죠. 고속도로가 또 있단 말이야?

"길에서 본 걸 천천히 기억해보세요." 그녀가 말했다.

셰인의 누런 이? 버스 창문의 금속 창틀? 모두가 날 비웃던 장면?

그런 게 도움이 될 턱이 없지. 그전에 내가 뭘 봤더라?

"아…… 아…… 주유소! 도넛 가게! 시골집들! 개! 나무들!"

난 두서없이 떠들어댔다. 될 대로 되라는 식이었다. 아, 내가 들어도 정말 한심한 소리만 늘어놓고 있었다.

바로 그때, 뭔가 내 뇌리를 스쳤다.

"우린 지금 농장에 있어요! 돼지, 소…… 그런 거요. 전기도 안 들어오고, 수돗물도 없는…… 음……."

난 그저 아무거나 내키는 대로 내뱉었다. 마치 째깍째깍 제한 시간이 흐르고 있는 퀴즈쇼 무대에 서 있는 기분이었다. 도대체 이놈의 농장을 어떻게 표현해야 하는 거야?

어쩜 이렇게 멍청할 수가 있지? 아, 맞다!

"반 워트!" 나는 외쳤다. "반 워트 씨요!"

그 순간 마당 쪽에서 흘낏 뭔가가 보였다. 남자가 되돌아오고 있었다.

"그게 무슨 말예요, 학생?" 상담원이 말했다.

"집주인요!"

뒤쪽 계단에서 삐거덕거리는 소리가 들렸다.

"그분 성이 어떻게 되죠?" 그녀가 말했다.

"모른다니까요!"

난 소곤대듯 목소리를 낮춰 말했다.

"학교에 전화해보세요. 학교로 전화하면……."

미치고 팔짝 뛰겠네. 왜 진작 그 생각을 못했을까.

'고스브룩 중학교'란 말만 했어도! 그럼 상담원이 학교에 확인했을 거 아냐? 교장선생님은 우리가 어디에 있는지 아시는데. 버스 지나간 뒤에 손 흔들면 무슨 소용이람. 그땐 이미 때가 늦어 무엇 하나 제대로 얘기할 겨를이 없었다.

뒷문 쪽에서 발소리가 들렸다.

난 휴대폰 덮개를 닫았다. 전화가 끊기고 상담원의 목소리가 사라져버렸다. 또다시 전화를 걸 기회가 과연 올까? 절망적이었다. 난 다시 벽난로 속으로 후다닥 기어들어갔다.

집 안으로 들어온 남자는 투덜거리며 욕을 해댔다.

"도대체 담배를 얻다 놔둔 거야?"

남자는 주방 물건들을 이리저리 패대기쳤다. 그러더니 다행이라는 듯 한숨을 내쉬며 말했다.

"아, 저기 있네."

그 순간, 남자가 갑자기 멈췄다. 뭔가 이상했다. 분명 느낌이 그랬다. 마치 집 안 공기마저 얼어붙은 느낌이었다.

"아니, 저게 뭐……?" 남자가 말했다.

남자는 거실 쪽으로 발걸음을 옮기기 시작했다.

고개를 숙여서 보니 왜 남자가 이쪽으로 오는지 감이 잡혔다. 남자는 내 발자국을 따라오고 있었다.

숯검정이 묻은 내 발자국을.

:: 12 ::
권총

워낙 갑작스레 생긴 일이라서 생각이고 뭐고 할 틈이 없었다. 난 아무거나 손에 잡히는 걸 붙잡고 흔들어댔다. 남자의 머리를 조준하며 흔들어댔지만, 맞히지는 못했다.

결국 내가 던진 석유등 중 하나가 남자의 가슴팍에 맞았다. 아, 아깝다. 남자는 나가떨어지진 않았지만, 자리에 주저앉고 말았다.

남자는 잠시 동안이지만, 그대로 주저앉아 있었다. 바닥에서 이리저리 미끄러지며, 기름과 깨진 유리조각들 탓에 쉽사리 몸을 가누지 못하고 있었다.

난 남자의 몸을 훌쩍 뛰어넘었다. 뒷문을 통해 도망가면서, 석유등을 깨뜨렸다고 나중에 덤터기를 쓰는 건 아닐까 하는 희한한 기분이 들었다. 아마 골동품이기 때문이겠지. 반 워트 씨가 가장 아끼는 물건일 수도 있는데.

누군가 날 죽이겠다고 달려드는 마당에 생각하는 꼴하곤.

난 밖으로 나와 마당 쪽으로 달렸다. 그 다음엔 뭘 어째야 할지 아무런 생각이 나지 않았다. 통나무 오두막으로 도망가야 하나? 크리저 선생님과 버스 기사 아저씨를 풀어줘? 다른 아이들을 탈출시켜?

남자가 쾅 소리를 내며 주방에서 나오는 소리가 들렸다. 잡히지 않고 다른 사람들한테 갈 수 있는 방법은 없었다. 내겐 시간도 없고 선택의 여지도 없었다. 남자한테 난 게임도 되지 않는 하룻강아지였다. 저런 덩치한테 뭘 어쩌라고.

난 버스 안으로 뛰어 올랐다. 그까짓 것 한번 해보자는 심산이었다. 구조 요청을 해야 해. 내가 할 수 있는 건 그것뿐이다.

난 한 번도 버스를 운전해본 적이 없었다. 운전의 '운'자도 몰랐다. 하긴 내 나이에 안다는 게 더 이상하지.

하지만, 그렇다고 포기할 수는 없었다. 그동안 버스 타고 다닌 게 몇 번인데. 난 버스 기사들이 운전하는 걸 무수히 봐왔다. 그러니 나도 할 수 있을 거야. 기필코 해내야 해.

 난 버스 문을 쾅 하고 닫았다. 펄쩍 뛰어 운전석에 앉은 다음, 페달을 향해 최대한 발을 쭉 뻗었다.

 그런데, 어느새 남자가 버스 정면에 와 있었다. 남자는 그저 가만히 서서 날 쳐다보고 있었다. 비웃으면서!

 갑자기 난 아무것도 두렵지 않았다.

 아니, 설마 그럴 리가. 난 두려웠다. 하지만, 꼭지도 함께 돌았다. 날 비웃는 사람이 한 명이라도 더 느는 걸 더 이상 참을 수 없었다. 저 자식을 깔아 뭉개버리겠어! 그래도 싸지. 버스에 시동이 걸리기만 하면, 넌 죽은 목숨이다.

 난 몸을 숙여 열쇠를 돌리려고 했다. 그런데 열쇠가 없었다.

 난 그 순간, 왜 남자가 날 보며 비웃고 있는지 알 수 있었다.

 남자가 손을 올리더니 열쇠꾸러미를 찰랑찰랑 흔들었다.

 남자는 정말 힘이 셌다. 난 용 한 번 써보지 못했다. 남자는 날 길가에 내놓는 쓰레기봉투처럼 질질 끌며 통나무 오두막까지 데리고 갔다. 난 손이 묶인 채, 크리저 선생님 옆에 패대기쳐졌다. 밧줄이 손목을 끊을 듯이 파고들었다.

더럽게도 세게 묶으셨네.

"괜찮니?"

크리저 선생님이 힘없는 목소리로 물었다.

난 머리를 절레절레 흔들었다.

"나도 그래."

선생님이 말했다.

"우리 셋 다 똑같군."

버스 기사 아저씨가 숨이 넘어갈 듯한 소리로 말했다.

크리저 선생님과 난 벌떡 일어나 앉았다.

"살아 계셨네요!"

"그래. 하지만, 오래 못 갈 것 같구나."

그 소리는 미치광이 같은 남자의 목소리였다. 남자는 자기가 대단한 유머 감각을 갖고 있다고 생각하는 양, 주체하지 못할 만큼 웃고 있었다. 그게 아니라면, 사람들을 공포 속에 몰아넣는 게 너무 즐거워서 웃는 건지도 몰랐다. 아무튼 좋아 죽는 것만큼은 분명해 보였다.

남자는 자기 손으로 얼굴을 세게 때리더니 눈을 동그랗게 떴다. 두 눈이 정말 파랬다. 그렇다고 나아질 건 하나도 없었다. 보기에 역겨운 얼굴인 건 마찬가지였다.

"깜박하고 말 안 한 게 있네, 선생!"

남자가 말했다. 진심으로 미안해하는 척하면서.

"당신들 체험학습 일정엔 끔찍한 사고가 포함되어 있거든. 물론, 추가 요금은 없고 말이지. 하긴, 끔찍한 사고가 난 마당에 뒤처리쯤이야 기꺼이 공짜로……."

크리저 선생님은 가쁘게 숨을 들이쉬고 있었다. 선생님도 석유통을 발견하고 만 것이다. 선생님은 남자의 표정을 유심히 관찰하면서 이런저런 추측을 하고 있었다. 잔뜩 겁에 질린 모습이었다. 누군들 안 그럴까.

난 어땠냐고? 물론, 겁에 질린 건 마찬가지였다. 하지만, 한편으론 남자가 '끔찍한 사고' 운운하는 소리가 지긋지긋해서라도 당장 남자를 죽이고 싶을 지경이었다. 남자는 방금 전에 '끔찍한'이란 말의 뜻을 알게 되어 계속해서 그 말을 써먹으려고 안달이 난 것처럼 굴고 있었다.

알았다고, 됐어? 알아들었다니까 그러네.

그렇게 대꾸해주고 싶은 말이 목구멍까지 차올랐다.

남자는 석유통을 집어 들더니, 정말로 역겨운 목소리를 흉내 내며 말했다.

"기도나 하시지!"

난 더 이상 참을 수 없었다. 결국 입을 열고 말았다.

"사고를 당한 사람들이 등 뒤로 팔이 묶인 채 죽어 있는 건 흔한 일이 아니죠."

그런 식으로 행동한다는 건 늘 위험천만한 일이다. 왜 있잖아, 똑똑한 척하는 거 말이야. 하지만, 그 상황에서 딱히 방법이 없잖아?

난 남자가 버럭 화를 낼 줄 알았는데, 실제론 그러지 않았다. 남자는 그저 어깨를 으쓱거릴 뿐이었다. 너무 멍청해서 화낼 일이라는 것도 모르는 건가.

남자는 내 말뜻을 못 알아들은 듯했다.

"그래서, 어쩌라고? 너희들은 예외야!"

남자는 내 뺨을 세게 꼬집으며 말했다.

"넌 좀 색다르게 처리해주지."

남자는 시답잖은 자기 농담에 미소를 지으며 깡통의 마개를 땄다.

"제 말은요," 내가 말했다. "우리가 묶인 채 죽어 있으면 아무도 단순 사고라고 믿지 않을 거란 뜻인데요."

남자는 그제야 이해를 한 모양이었다. 그는 금세라도 날 후려칠 듯한 표정을 지었다.

"게다가 우리 몸에 온통 멍 자국까지 있다면, 사람들이 뭐라고 생각할지는 안 봐도 비디오죠."

남자는 뭔가 꾹 참고 있는 것 같았다. 무슨 꿍꿍이로 그러고 있는지는 알 수 없었다. 이러다 한 대 더 맞으면 어디에 멍이 들 차례일까?

"당연히 살해된 거라고 생각하겠죠. 그럼 사람들이 아저씨를 찾아 나서겠죠. 아저씨 지문이 여기저기서 발견될 테니까요. 여길 깡그리 다 태워버릴 수도 없는 노릇이고."

솔직히 말하자면, 내가 했던 마지막 말에는 자신이 없었다. 그러니까, 남자가 여길 깡그리 태워버리지 못할 건 또 뭐냐는 뜻이다. 성냥도 가지고 있는 마당에.

남자는 또다시 목을 실룩거리더니 주머니에 손을 넣었다. 난 남자가 휴대폰을 꺼내는 줄 알았다가 식겁하고 말았다.

남자가 꺼낸 건 권총이었다.

남자는 날 부르더니, 내 몸을 일으켜 세웠다. 그리고 한쪽 손으로 묶여 있던 내 손을 풀어주고는 뒤로 물러섰다. 남자는 계속 권총을 겨누고 있었다.

 난 머리에서 총알이 발견되는 것 역시 단순 사고로 보이진 않을 거라고 말할까 했지만, 그랬다간 남자의 성질을 너무 건드려서 홧김에 날 쏠지도 모른다는 생각이 들었다. 그래서 그냥 잠자코 입을 다물고 시키는 대로 하기로 마음먹었다. 최소한, 잠시 동안만이라도.

 "다른 사람들을 풀어줘라."

 남자가 말했다.

 버스 기사 아저씨를 묶었던 매듭은 제법 쉽게 풀렸지만, 크리저 선생님의 매듭은 좀처럼 풀리지 않았다. 내 손은 정말 심하게 떨리고 있었다. 내가 시간을 끌수록 남자가 점점 흥분할 거라는 건 두말하면 잔소리였지만, 그럴수록 내 손은 점점 떨리고 있었다.

 난 결국 이빨로 선생님의 매듭을 풀 수 있었다. 선생님의 손목이 내 침으로 범벅이 되고 말았다. 난 선생님께 죄송하다고 말했다. 선생님은 별로 개의치 않는 듯, 그저 어깨만 으쓱거릴 뿐이었다.

 "두 사람, 부축해서 일으켜 세워."

남자는 그렇게 말하고 우리를 헛간으로 끌고 갔다. 헛간 앞에 이르자, 남자는 문의 자물쇠를 열었다.

"안으로 들어가. 이젠 정말 기도들이나 하시지."

그렇게 말하고 남자는 또다시 씩 웃었다.

"아저씨야말로 기도나 하는 게 좋을걸요."

내 입에서 이런 말이 튀어나오고 말았다. 지금 내 꼴은 내 손으로 내 무덤을 파고 있는 거나 마찬가지였지만, 어우, 정말, 그 순간엔 그냥 넋 놓고 가만히 있을 수 없었다.

남자는 도저히 못 봐주겠다는 듯 두 눈을 가늘게 뜨고 날 노려봤다. 하지만 목을 살짝 실룩거리면서도 딱히 뭐라고 쏘아붙이진 않았다.

"만약 성냥불을 붙이면요,"

내가 말했다.

"아저씨야말로 제일 먼저 불길에 휩싸이고 말걸요. 아저씨 몸에 잔뜩 석유가 묻었잖아요. 그게, 있잖아요…… 아까 내가 아저씨를 공격하는 바람에 석유등이 깨져서……."

그 말에 남자는 완전히 실성이라도 한 듯했다. 성난 짐승처럼 나를 향해 달려들더니 소리 지르며 말했다.

"들어가! 들어가란 말이야!"

그러곤 우리를 문 안쪽으로 밀어 넣었다.

우리는 바닥에 내동댕이쳐졌다. 바닥에 넘어지면서 우두둑 하는 소리가 났다. 버스 기사 아저씨가 나랑 크리저 선생님 위로 쓰러지며 난 소리였다. 아저씨 몸무게가 장난이 아니었다.

다른 아이들이 우리를 거들려고 우르르 몰려들었다.

남자가 허공에 권총 한 발을 발사했다.

아이들이 비명을 지르며 난리법석을 떨었다. 그 바람에 모든 아이들이 우리 셋을 그대로 남기고 뒤로 물러났다.

남자가 문을 쾅 하고 닫았다. 자물쇠가 철커덕 하고 잠기는 소리가 들렸다.

:: 13 ::
출구는 어디에

잠깐 동안은 아무 일도 벌어지지 않았다. 아이들 모두 남자가 완전히 떠났는지 확인하느라 잠자코 있는 것 같았다. 그러더니 우리를 돕겠다고 달려왔다.

아니, 그보다는 오히려 우리에게 도움을 요청하는 모양새였다.

아이들은 울고불고 난리였다.

"이제 우린 어떻게 되는 거예요, 선생님?"

"이제 어떡하면 좋죠?"

크리저 선생님은 말을 하려고 애썼다. 하지만 선생님의 목소리는 맥이 풀려서 거의 알아들을 수가 없었다. 선생님은 이미 문을 들어설 때부터 머리를 가누지 못해 바닥에 머리를 부딪힌 뒤였다. 아이들 몇 명이 선생님을 부축해 앉혔다.

  나를 부축하는 사람은 아무도 없었다. 심지어 내가 그곳에 있다는 사실조차 모르는 것 같았다. 결국, 난 혼자서 몸을 일으켰다.

  오두막 안은 어두컴컴했다. 지붕의 작은 틈을 통해 빛줄기 서너 가닥만이 들어오고 있었다. 그리고 건초더미와 거름, 겁을 잔뜩 먹은 사람들의 냄새가 진동하고 있었다.

  어른들이라고 해서 우리한테 그다지 큰 힘이 되지 않을 거란 사실을 깨닫는 데는 오랜 시간이 필요하지 않았다. 크리저 선생님의 상태는 엉망이었다. 버스 기사 아저씨도 온갖 고통으로 인해 숨을 제대로 쉬지 못하고 있었다. 그리고 반 워트 씨(진짜 반 워트 씨)는 팔이 부러진 상태였다. 그의 손목은 'ㄴ'자로 꺾여 있었다. 그 모습을 지켜보는 것만으로도 속이 뒤집힐 노릇이었다.

  아이들끼리 힘을 합쳐 서로 도울 수 있을지도 확신이 서지 않았다. 아이들은 대부분 그저 삼삼오오 모여서 울고 있을 뿐이었다. 셰인도 누군가로부터 따돌림이라도 당한 것처럼 그냥 구석에 혼자 앉아 있었다. 그래도 그렇게 겁을 먹은 표정은 아니었다. 우리 반 최고 인기남인 샘 데몬트는 우리가 이렇게 된 건 순전히 학교 잘못이라고 목청을 높이고 있었다. 교장선생님이 휴대폰 소지를 금지하지만 않았다면, 이런 일은 생기지 않았을 거라고. 휴대폰만 있었다면 바로 구조 요청을 할 수 있었을 거라고, 지금쯤 무사히 집으로 돌아갔을 거라고!

하지만, 지금 우린 집에 갈 수도 없고 휴대폰도 갖고 있지 않았다. 이 어두컴컴한 건물 안에 꼼짝없이 갇힌 채, 어떤 미치광이가 성냥을 들고 다시 돌아오길 기다리고 있을 뿐이었다.

내 생각에, 남자는 지금 통나무 오두막으로 들어가 몸에 묻은 석유를 씻고 있을 것 같았다. 씻는 데 얼마나 시간이 걸릴지 궁금했다. 불행 중 다행이라면, 반 워트 씨의 집엔 수돗물이 나오지 않는다는 사실이었다. 밖으로 나가 우물에서 물을 길어 오는 수밖에 없으니, 최소 몇 분의 시간을 더 번 셈이었다.

아이들이 울고불고 난리치는 걸 그만두면 좀 더 좋은 생각을 짜낼 수 있을 거란 생각이 들었다. 하지만 그 역시 내 힘으로 어쩔 수 없는 일들 중 하나였다. 그중에서도 샘은 가장 날 짜증나게 하는 녀석이었다. 녀석은 쉴 새 없이 이건 공평하지 않네, 어쩌네 하며 투덜대고 있었다. 도대체 왜 선생님은 휴대폰을 갖고 있어도 되고 학생들은 안 되냐며 말이다.

"선생님들이 휴대폰을 갖고 있든 말든 네가 뭔 상관이야!"

이렇게 쏘아붙이고 싶은 마음이 굴뚝같았지만, 난 그러지 못했다. 잠시 그런 생각에 잠겨 있다가 대신 이렇게 말했다.

"이런……."

난 득달같이 크리저 선생님한테 달려갔다. 선생님이 고통스럽지 않게 조심하며 흔들어 깨웠다.

"선생님, 휴대폰 갖고 계세요?"

선생님이 고개를 끄덕였다. 내 심장이 쿵쾅거리며 뛰었다. 911에 제대로 신고할 수만 있다면, 남자가 불을 지르기 전에 경찰들이 출동할 수 있을지도 모른다.

"버스 안에 있는데."

선생님이 말했다.

내 심장이 다시 한 번 쿵쾅거리기 시작했지만 이번에는 안 좋은 쪽이었다. 차라리 남자가 우릴 죽이고 모든 걸 끝냈으면 하는 마음까지 들었다.

하지만 그런 일이 벌어지도록 잠자코 기다릴 수만은 없었다. 무슨 짓이라도 해야 할 판이었다. 난 최대한 논리적으로 생각하려고 애썼다.

여기서 살아 나가려면 어떻게 해야 할까?

난 주위를 둘러봤다. 문은 잠겨 있었다. 그건 이미 아는 사실이다. 난 여기저기 더듬거리며 창문을 찾았다. 하지만 창문이란 창문은 모두 판자로 단단히 덮여 있었다.

"창문은 안 열릴걸."

누군가 말하는 소리가 들렸다.

"우리가 벌써 해봤거든."

난 그 목소리의 주인공이 누구인지 알고 있었다. 그 목소리는 내가 매일 밤, 잠을 자려 할 때마다 머릿속을 맴돌던 소리였다.

바로 셰인의 목소리. 그래도 이번엔 그때와는 사뭇 달랐다. 이번엔 "이 멍청아"라든지 "피그보이" 따위의 말을 내뱉지 않았다. 셰인은 단순히 사실만을 말하고 있었다. 마치 평범한 대화를 나누는 사람처럼. 왠지 기분이 묘했다.

"그래, 알았어."

그렇게 말하고 난 반 워트 씨 앞으로 갔다.

반 워트 씨는 충격을 제대로 받았거나, 정말 용감하거나, 둘 중 하나였다. 그는 부러진 팔을 다른 손으로 받쳐 든 채 그저 자리에 앉아 있기만 했다. 끙끙거리는 신음소리도 내지 않았다. 만약 내 팔이 그렇게 되었다면 보나 마나 울고불고 난리였겠지만, 전혀 그러지 않았다.

"여기서 나가는 길이 또 없나요? 비밀 통로나 뭐 그런 거요."

내 물음에 반 워트 씨는 고개를 저었다.

하긴 하나 마나 한 소리였다. 그게 무슨 대단한 해결책이라고. 비밀 통로가 있다면 반 워트 씨가 여태 말을 안 하고 있었을까!

"여길 부수고 나가는 건 어떨까요? 어딘가 약한 곳이 있지 않을까요?"

"아니." 반 워트 씨가 말했다. "이 건물은 굉장히 튼튼하게 지은 건물이란다. 금고처럼 안전해야 하니까. 난 여기에 온갖 종자들을 보관하지. 여긴 내 창고란다."

반 워트 씨는 실제로 창고라는 단어를 말할 때 발음이 좀 달랐다. 정말로 네덜란드 사람이 맞는 모양이었다.

그는 너무 미안해 죽겠다는 표정을 지으며 말했다.

"미안하구나."

미안하다는 말이, 자기가 너무나 튼튼한 건물을 지어 미안하다는 건지, 아니면 이토록 어처구니없는 체험학습장으로 우릴 불러들여 미안하다는 건지, 난 분간이 안 됐다.

"아저씨가 알고 그러신 것도 아닌데요, 뭐."

나는 위로하듯 말했다.

난 반 워트 씨를 놔두고 자리를 떠났다.

주변에 널려 있는 밀짚들을 발로 차며, 난 골똘히 생각에 잠겼다. 분명 어딘가에 빠져나갈 구멍이 있을 거야. 남자가 생각지도 못한 곳에 말이야.

바닥 위로 가느다란 빛줄기가 스며드는 곳 주변을 살폈다. 너무 어두워서 다른 곳은 딱히 살펴볼 생각을 못했다.

아무 생각 없이 바닥을 살펴보고 있는데, 뭔가 내 머릿속에 번뜩이는 게 있었다. 그제야 뭐가 잘못됐는지 깨달았다.

그때 난 이런 생각이 들었다.

'멍청아! 아래를 보지 말고, 위를 보란 말이야!'

빛줄기는 지붕에 난 구멍들을 통해 비치고 있었다. 작은 틈들. 즉, 바깥으로 통한다는 뜻이다. 만약 내가 지붕까지 닿을 수만 있다면, 작은 구멍들을 크게 만들 수도 있지 않겠어? 내가 통과할 만큼 큰 구멍 말이야.

난 다시 크리저 선생님한테 달려갔다.

"선생님 휴대폰이 어디 있다고요? 버스 안 어디쯤요?"

선생님 머리가 너무 충격을 받아 고장 난 게 아니라면, 나한테 계획이 뭔지 물어볼 줄 알았다. 하지만 선생님은 그저 이렇게 말할 뿐이었다.

"내 핸드백 속."

"핸드백이 어떻게 생겼어요?"

선생님은 제대로 말하기도 힘들어 보였다.

"진한 녹색. 휴대폰은…… 그 안에…… 바깥쪽 주머니…… 아니면, 안쪽 주머니…… 작은 주머니…… 화장품 파우치 옆에…… 거기에도 없으면……."

선생님은 계속해서 중얼거렸다.

도대체 여자들이랑 핸드백은 왜 그 모양이지? 정말 그 많은 것들이 다 필요하긴 한 거야? 선생님이 딱하다는 생각마저 들었지만, 난 결국 이렇게 말했다.

"네, 알았어요. 걱정 마세요. 제가 찾을게요."

난 종자가 담긴 포대 여러 개를 끌어다가 가장 큰 빛줄기가 비치는 곳에 갖다 놓았다. 내가 뭘 하는지 물어보는 사람조차 없었다. 난 포대들의 꼭대기로 올라갔다. 내 계획은 지붕의 서까래를 붙잡고 매달리는 것이었다.

하지만, 그 계획이 소용없다는 걸 깨닫기까지 그리 오래 걸리지 않았다. 설령 작고 볼품없는 내 몸뚱이로 매달릴 곳이 있다 해도, 그걸 견딜 만큼 내가 힘이 세지 못하기 때문이었다.

당장이라도 남자가 다시 나타날지 모른다. 그러니 빛의 속도로 움직여야 한다.

난 자존심이고 뭐고 다 팽개쳐야만 했다.

"셰인, 나 좀 도와줄래?"

:: 14 ::
유일한 출구

 난 도와달라는 말을 꺼내기가 죽을 만큼 싫었지만, 셰인은 우리 반에서 가장 덩치가 큰 녀석이었다. 녀석한테 날 들어 올리는 것쯤은 수고랄 것도 없었다. 난 그 모습을 이미 수없이 상상해봤다. 녀석이 날 들어 올려 절벽 아래로, 도랑으로, 벽으로 내동댕이치는 장면을.
 셰인이 말했다.
 "물론이지. 어떻게 해주면 되냐?"
 녀석의 말이 마치 평범한 보이스카우트 단원의 말처럼 들렸다.
 "저기 서까래까지 날 들어 올려주면 돼."
 셰인은 바로 종자 포대들 위로 올라왔다. 그리고 나를 자기 머리 위로 들어 올렸다. 내가 대규모 콘서트에서 관객들 머리 위로 뛰어내린 가수라도 되는 것처럼 말이다.

셰인이 말했다.

"이런, 너 엄청 말랐다."

하지만 그뿐이었다. 하긴 그 정도 말을 듣는 것쯤이야.

난 셰인의 어깨를 밟고 올라가 균형을 잡으며 서까래에 닿도록 몸을 쭉 폈다. 그리고 서까래에 올라간 뒤 지붕의 구멍 쪽으로 배를 깔고 미끄러져 갔다.

어두컴컴한 게 얼마나 다행인지 몰랐다. 그 덕에 아래를 내려다보며 겁에 질릴 걱정은 없었다. 하긴 어둡지 않더라도 딱히 눈에 들어오는 것도 없었을 거다. 난 이미 제정신이 아니었으니까.

난 지붕의 얇은 널빤지를 두 손으로 뜯기 시작했다. 토티야 과자만 한 크기로 조각들을 잡아 뜯었다. 하지만 생각처럼 쉽지 않았다. 이런 식으로 하다간, 나처럼 왜소한 몸이 빠져나가는 것조차 수십 년이 걸릴 것 같았다.

그때 뭔가 내 어깨를 두드리는 느낌이 들었다.

그건 바로 삽의 손잡이였다.

"이걸로 해봐."

셰인이 말했다.

난 삽 손잡이의 끝부분을 구멍 속으로 찔러 넣었다. 그런 다음, 자루 부분을 서까래에 기대고 아래로 잡아 당겼다. 그랬더니 삽이 지렛대 작용을 해서 커다란 지붕 판때기가 떨어져 나왔다. 그 바람에 하마터면 아래로 추락할 뻔했다. 난 균형을 잡고 다시 한 번 시도했다. 널빤지가 좀 더 뜯겨져 나왔다. 대부분의 조각들이 내 얼굴에 정통으로 튀겼다. 난 널빤지 조각들을 내뱉고 나서 한 번 더 제대로 된 구멍을 만들었다. 그랬더니, 이번엔 양변기 의자만 한 구멍이 만들어졌다.

구멍을 통해 햇빛이 들어와 무대 조명을 비추듯 바닥을 비췄다. 아이들은 더 이상 울고불고하지 않았다. 적어도 난리를 치진 않았다. 모두 내가 무슨 짓을 하는지 열심히 쳐다보고 있었다.

"밖으로 나간다."

난 아이들에게 선언하듯 말했다.

그렇게 말할 수 있다는 것이 너무 행복했다. 마치 전쟁영화에 나오는 영웅이 추락하는 비행기에서 몸을 던지면서 할 법한 말 같았다. 왠지 윙크를 하거나, "나중에 보자구, 친구들" 따위의 건방을 떨면서 온갖 멋있는 척을 해야 할 것만 같았다.

하지만, 난 침착할 수가 없었다. 멋있지도 않았다. 그저 어리바리할 따름이었다.

대신 난 이렇게 말했다.

"내가 방법을 찾아볼게. 저 남자를 막을 방법이 분명 있을 거야. 너희들도 계속 구멍을 만들면, 모두 빠져나갈 수 있을 거야."

"그래. 수고했어. 한번 해보지 뭐."

셰인이 말했다.

셰인은 그다지 자신 있어하는 모습이 아니었다. 자기 몸뚱이가 빠져나갈 만한 구멍을 만들려면 최소한 한 시간은 지붕을 잡아 뜯어야 한다는 건 알기 때문이겠지.

난 구멍 밖으로 몸을 밀어 넣었다. 나처럼 삐쩍 마른 사람한테도 꽉 낄 정도였다. 난 우리 반에서 타의 추종을 불허할 만큼 홀쭉한데 말이지.

머리와 어깨는 밖으로 내밀었지만, 배가 구멍의 거칠거칠한 가장자리에 쓸리는 바람에 바지가 걸리고 말았다. 몸을 밀고 당기고 꿈틀거려 봤지만, 별 소용이 없었다.

난 옴짝달싹 못하고 있었다. 시간은 째깍째깍 흘러만 가고.

결단을 내려야 할 때였다.

난 발을 꼼지락거려 신발을 벗었다. 그리고 바지의 지퍼를 내렸다.

물론, 오늘은 누나가 크리스마스 선물로 준 트렁크 팬티를 입은 날이 아니었다. 이미 말했듯이, 난 재수라곤 눈 씻고 찾아봐도 없는 녀석이다. 오늘은 바로 엄마가 늘 사다 주는 몸에 착 붙는 흰색 팬티를 입은 날이었다. 게다가 입은 지 5년쯤 돼서 거의 속이 비치다시피 하는 팬티였다.

하지만 솔직히, 난 별로 개의치 않았다. 난 훌러덩 바지를 벗어 던지고 있는 힘을 다해 구멍으로 몸을 더 밀어 넣었다. 바지가 바닥으로 떨어졌을 때, 셰인이 무슨 생각을 할지 빤히 그림이 그려졌다.

그런데 문제는 그게 아니었다. 팬티가 아니었다.

순간, 내 몸이 구멍 밖으로 쑥 빠져나갔다. 그리고 지붕에서 땅으로 내 몸이 추락했다.

:: 15 ::
돼지우리

내가 추락한 곳은 건초가 가득 실린 손수레 위였다.

엄마가 봤더라면, 이렇게 말하고도 남았을 거다.

"거봐! 네가 이래도 운이 없니?"

엄마, 어떤 미치광이가 날 죽이려 하고 있다는 사실은 전혀 생각도 안 하시나요?

추락하면서 머리를 부딪히긴 했지만, 별 문제는 없었다. 난 안경을 찾은 다음, 비틀거리며 일어섰다. 속옷 안으로 살짝 냉기가 느껴졌지만, 걱정할 필요는 없었다. 난 생각보다 빨리 몸을 데울 수 있었다.

내 계획은 휴대폰을 찾은 다음, 다시 911에 신고해서 남자가 불을 지르는 것을 막는 거였다.

무슨 수로?

그것까진 아직…….

난 손수레 위에서 통나무 오두막의 뒤쪽으로 뛰어 내렸다. 그리고 앞쪽으로 슬금슬금 나아갔다. 버스 앞까지 나 있는 비탈길에 아무것도 없는 걸 확인한 다음, 버스를 향해 달렸다.

버스 문을 확 잡아 열었다. 소지품들이 여기저기에 널려 있었다. 이래서야 무슨 수로 선생님의 핸드백을 찾는단 말이야?

난 앞에 걸리적거리는 물건들을 발로 차냈다. 파란 핸드백. 갈색 핸드백…….

초록색 핸드백! 저거다!

난 선생님이 말한 대로 핸드백의 앞쪽 주머니를 더듬거리며 휴대폰을 찾았다. 하지만, 휴대폰은 보이지 않았다. 난 핸드백을 뒤집어 잡다한 것들을 쏟아냈다. 도대체 어떤 주머니라는 거야? 핸드백엔 온통 주머니 투성이였다. 겁이 나서 미칠 것만 같았다.

오두막 주방 문이 열리는 소리가 쾅 하고 들렸다. 그리고 남자의 모습이 보였다. 남자는 말쑥해진 모습으로 새 옷까지 갈아입었다. 미치광이의 모습은 거의 찾아볼 수 없었다. 마치 데이트를

앞둔 농부처럼 보였다.

몸에 묻은 석유는 어찌어찌 닦아낸 모양이었다. 이젠 막을 방법이 없어 보였다. 한가하게 휴대폰이나 찾고 있을 시간이 없었다! 당장 도망쳐야 할 판이었다.

난 핸드백을 낚아채 어깨끈을 어깨에 걸었다. 휴대폰을 찾는 건 나중 일이다. 지금 당장은 무기가 필요하다. 난 재빨리 버스 안을 훑었다.

제정신이니, 지금? 이 안에 무기 같은 게 있겠어! 세상에 어떤 선생님이 체험학습 가는데 무기 소지를 허락하겠냐고! 말도 안 되지. 차라리 헛간에 가서 뭐라도 찾는 게 낫겠다.

아니지. 지금은 그럴 시간이 없지. 남자는 벌써 오두막 앞에 서 있는데. 남자를 막아야 해. 무슨 수를 써서라도 막아야 한다구.

난 버스에서 내려 마구 달렸다. 그러면서 실성한 사람처럼 정신없이 외쳐댔다.

"우~후~! 우~후! 여기요!"

남자가 몸을 돌리더니 나를 발견했다.

"야!!!"

남자가 소리 질렀다.

아이구야, 그러다가 눈빛만으로도 사람 잡겠네요.

남자는 분명 제정신이 아니었다. 남자는 29명의 아이들을 오두막 안에 가둬놓은 사람이다. 게다가, 바로 그 옆에서 석유와 성냥을 들고 있었다. 다른 사람 같았으면, 그럴 시간에 벌써 불을 지르고도 남았을 거다.

그런데 아니었다.

대신에 남자는 성냥을 팽개치더니, 갇혀 있지 않은 한 녀석을 쫓기 시작했다.

바로 나.

난 지금 남자를 정말로 짜증나게 하고 있었다. 누가 봐도 그랬다. 남자는 미친 듯 날뛰고 있었다. 생각지도 못하게 내가 탈출했기 때문만이 아니었다. 그 이상의 뭔가 다른 이유가 있는 듯했다. 남자는 어깨를 잔뜩 움츠리고 아랫입술을 쭉 내민 채, 정말 짜증나 죽겠다는 표정으로 달려오고 있었다.

남자는 나를 향해 고래고래 소리 지르기 시작했다. 처음엔 남자가 무슨 말을 하는지 알아들을 수 없었다. 헛간 주변을 돌아 반 바퀴쯤 도망갔을 때, 그제야 남자가 무슨 말을 하는지 알아들을 수 있었다.

남자는 계속 이렇게 말하고 있었다.

"네 바지는 어떻게 한 거야?"

그 상황에서 할 말이 그 말밖에 없을까.

만약 그때, 내가 미친 듯이 달리고 있지만 않았더라면, 너무 겁이 나서 멘붕 상태만 아니었더라면, 난 기가 막혀 웃음을 터뜨리고 말았을 거다. 이제 보니, 남자는 내가 속옷만 입은 채 밖으로 나온 꼴을 보는 게 그렇게 못마땅했단 말인가! 내 손에 들린 선생님 핸드백을 보고 도대체 무슨 생각을 하는 거냐고? 아무래도 내 모습이 남자한테는 대단한 모욕이라도 준 것처럼 느껴진 모양이었다. 자기를 갖고 논다, 뭐, 이거야?

난 '바로 이거야!'라는 생각이 들었다.

남자는 지금 엄청 심각했다. 아니, 도대체, 금세라도 불타오를 곳에 아이들이 잔뜩 갇혀 있는 것보다 더 심각한 게 또 있겠냐고! 그런데 난 지금 속옷만 입은 채 농장을 이리저리 뛰어다니고 있으니 말이다! 날 붙잡으면 당장 갈아 없애버리기라도 할 듯이 남자는 광분하고 있었다.

난 양말 속으로 비집고 들어온 작은 돌멩이들 때문에 아픈 것도 느낄 새가 없었다. 그야말로, 난 날아다니고 있었다. 모퉁이가 나오면 슬라이딩하듯 몸을 미끄러뜨리며 도망쳤다. 순간, 그곳에 숨어 있다가 남자를 덮칠까 하는 생각도 들었다. 남자가 모퉁이를 돌 때, 삽 같은 걸로 남자의 머리를 내려치는 건 어떨까 하는 생각도 들었다.

하지만 그건 터무니없는 생각이었다. 마땅히 숨어 있을 만한 곳도 없었고, 삽 같은 것도 눈에 띄지 않았다. 게다가 돼지들이 하도 꽥꽥 소리를 내고 있어서, 난 온전히 생각을 집중할 수 없었다. 뭔가 수를 써야 했다. 당장이라도 남자가 나타나기 직전이었다.

권총을 들고 말이다!

난 잠시 남자한테 권총이 있다는 사실을 까맣게 잊고 있었다. 갑자기 남자를 막을 어떤 계획도 모두 허황된 것처럼 느껴졌다. 왜 잠자코 버스 안에서 기다리면서 기회를 엿볼 생각을 안 했을까?

아무튼 뭔가 빨리 수를 써야 했다.

난 돼지우리의 문을 열고 뛰어들듯 안으로 들어갔다. 진흙과 거름, 그리고 온갖 것들이 내 목과 안경에 튀었다. 난 뒤쪽으로 다이빙하듯 몸을 던졌다. 그리고 몸을 쭉 펴고 누웠다.

돼지들이 죄다 내 주위로 몰려들더니 쿵쿵대고 난리였다. 돼지들은 온통 나한테서 눈을 떼지 못하고 있었다. 난 남자가 사라질 때까지 돼지들이 그대로 나한테 정신이 팔려 있기만을 바랐다.

남자가 씩씩거리며 모퉁이에 나타났다. 그리고 걸음을 멈추더니 주변을 살폈다.

"여기 있는 거 다 안다."

남자가 말했다. 남자의 목소리는 또다시 우스꽝스러운 투로 변해 있었다.

남자는 살금살금 돼지우리 쪽으로 다가오기 시작했다. 난 아무거나 손에 잡히는 무기를 움켜쥐었다.

거름 덩어리.

난 벌떡 일어나 거름 한 움큼을 남자한테 투척했다. 역겹기 짝이 없었지만, 정통으로 남자의 얼굴을 향해 던졌다.

놀라긴 놀란 모양이었다. 남자는 들고 있던 권총을 떨어뜨리고 말았다.

남자가 다시 권총을 집어 들게 놔둘 순 없었다. 난 아무거나 손에 잡히는 대로 남자를 향해 마구 던졌다. 남자는 욕이란 욕은 죄다 내뱉으며 자기 얼굴을 막으려고 양팔을 내저었다. 난 남자를 묵사발로 만들고 있었다. 막다른 길에 몰리니 정말 알 수 없는 큰 힘이 발휘되는 모양이었다.

그 바람에 돼지들이 모두 긴장한 건 말할 것도 없었다. 돼지들은 마치 록 콘서트에라도 온 양, 꽥꽥 비명을 지르며 난리법석을 떨었다.

비명을 지르긴 나도 마찬가지였다. 난 전투를 지휘하는 전사처럼 소리 지르고 싶었다. 하지만, 그건 내 생각일 뿐이었다. 내 목소리는 그저 겁에 질린 아이의 비명소리일 뿐이었다. 난 있는 힘껏 꽥꽥 비명을 지르면서 아무거나 집어던지고 있었다. 누가 봤다면 날 천하의 또라이로 여겼을 게 뻔하다.

난 다음에 어떤 일이 벌어질지 전혀 감을 잡을 수 없었다. 그저 남자가 더 이상 참고만 있지 않을 거란 생각밖에 들지 않았다.

갑자기 남자가 으르렁대는 소리를 내더니 나를 향해 달려들었다.

그때, 남자가 미처 생각지 못한 게 있었다. 솔직히 말하면, 나 역시 그런 일은 상상도 못했다. 돼지들이 날 좋아해서 그랬는지, 남자 때문에 겁이 나서 그랬는지, 혹은 그저 우리의 문이 열려 있는 걸 발견하고 이때다 싶어 나가려 했는지는 잘 모르겠다.

그걸 어찌 알겠어?

어쨌든, 남자는 날 향해 달려들었고, 그 순간 돼지들이 남자를 향해 돌진했다. 엄청난 비명소리와 함께 돼지들이 한꺼번에 달려 나갔다. 그 와중에 새끼 돼지 한 마리가 남자의 무릎 아래 끼이고 말았고, 남자의 발이 하늘을 향해 날아올랐다.

"으악!"

그 소리와 함께 남자의 머리는 바닥으로 곤두박질쳤다.

사방으로 엄청난 양의 거름이 튀었다. 그리고 아무 일도 없었다는 듯 다시 잠잠해졌다.

남자는 큰 대자로 뻗어버렸다.

:: 16 ::
포장용 테이프

난 권총을 집어 들어 크리저 선생님의 핸드백 속에 집어넣었다. 커다란 나무기둥을 남자의 몸 위에 쓰러뜨린 뒤, 헛간을 향해 달렸다.

난 헛간 문을 쾅쾅 두드리며 소리 질렀다.

"걱정들 하지 마. 괜찮아. 금방 다시 올게."

난 남자가 내 손을 묶었던 밧줄을 집어 들고 다시 돼지우리로 달려갔다.

남자의 몸을 굴려 두 손을 등 뒤로 오게 한 뒤 밧줄로 묶었다. 그런 다음, 남자를 일으켜 앉히고 울타리에 남자의 몸을 묶었다. 묶으면서 서른 번이나 매듭을 묶었다.

이젠 아무 데도 못 가겠지?

남자가 끙 하는 신음소리를 내며 눈을 떴다. 그러더니 날 향해 차마 입에 담지도 못할 욕을 퍼부었다.

난 바로 도망쳤다. 남자는 몸이 묶여 있었지만, 여전히 겁이 났다. 그렇게 악에 받쳐 소리를 질러대니, 풀려나기만 하면 날 잡아 박살내겠다고 설쳐대니, 어찌 할 바를 모르고 정신이 우왕좌왕했다.

난 버스로 가서 포장용 테이프를 챙긴 뒤 남자한테 되돌아갔다. 그리고 입도 벙긋 못하게 테이프로 남자의 입을 틀어막았다. 그랬더니, 그렇게 겁이 나진 않았다. 포장용 테이프를 휴대하는 게 조만간 유행이 될 것 같다는 엉뚱한 생각마저 들었다.

헛간 앞에서 크리저 선생님의 핸드백을 뒤적거리며 휴대폰을 찾고 있는데, 사이렌 소리가 크게 들렸다.

사이렌 소리. 그것도 여러 대의 사이렌 소리.

경찰이었다!

난 경찰에게 자초지종을 설명했다. 경찰은 갇힌 아이들을 꺼내주고, 남자한테 수갑을 채웠다.

그렇게 사건은 종지부를 찍었다.

다시 집으로 돌아가는 길을 절반쯤 갔을까? 그제야 난 내가 아직도 바지를 입지 않은 상태라는 걸 깨달았다. 헐!

:: 17 ::
에필로그

알고 보니, 나와 통화했던 911 상담원 덕이었다.

상담원은 내가 "반 워트 씨"라고 한 말을 듣고 주소를 알아내서 경찰에 넘겼다. 사건이 있었던 그날 오후, 탈옥 사건이 있었다고 했다. 경찰들이 남자를 잡기 위해 수색을 하고 있던 차였다.

아니, 경찰은 진즉에 무장 강도이자 차량 탈취범, 그리고 여러모로 미치광이인 아키발 제임스 도빈이란 작자를 찾고 있었다고 말해야 할지도 모르겠다. 그는 이제, 이번 체험학습 때 벌어진 사건으로 인해 종신형을 선고받은 죄수가 되었다. 이제 다시는 감옥 밖으로 나올 일이 없을 거다.

남자를 도왔던 카일 제이슨 피스케라는 사람도 체포되었다. 농장에 권총과 휴대폰을 숨겨둔 자가 바로 그 사람이었다. 그는 '범죄 가담 및 사주'의 혐의로 징역 6년형을 선고받았다. 또한 판사는 '끔찍한 사고'로 위장하는 계획을 꾸민 것에 대해 그에게 몇 년의 징역형을 추가로 선고했다.

어찌하다 보니 내 사진이 신문에 실리기도 했다. 신문에 실려서 좋은 점은 우리 반 아이들이 날 대단한 영웅처럼 여기고 있다는 사실이다. 어이없는 점은, 기사 제목을 거지같이 뽑았다는 사실이고.

성난 돼지들과 함께 돌진하는 아이들

물론, 아이들은 내가 바지를 벗은 채 팬티 차림으로 여자 핸드백을 들고 있었다는 증언도 빠뜨리지 않았다. 기사를 읽고 난 적잖이 당혹스러웠지만, 엄마는 엄청 좋아했다. 내가 호그 가문을 빛냈다면서 말이다.

엄마는 나한테 새 안경과 일주일 동안 매일 새것으로 갈아입을 수 있을 만큼의 트렁크 팬티를 사줬다. 그리고 내 헌 속옷들은 잡동사니 바구니 속에 처박았다.

반 워트 씨는 부러진 팔을 수술해야 했지만, 곧 완치될 거라고 한다. 반 워트 씨야말로 내가 한 일에 대해 진심으로 고마워했다. 그는 엄마한테 돼지고기로 만든 소시지 한 보따리를 선물했다. 그 소시지는 범인을 향해 돌진했던 돼지들 중 한 마리로 만든 것이었다. 왠지 이건 아니다 싶었지만, 어쨌든 맛은 좋았다.

벤비 선생님은 여러 명의 지원자들을 데리고 주말 동안 농장 복구를 도우러 갔다. 선생님은 내년 봄에 그곳으로 다시 체험학습을 가는 계획을 추진하고 있다. 이번에는 우리한테 확실히 유익한 경험이 될 거라고 생각하는 모양이다.

제발 농장이 '폐쇄'되기를 비나이다.

난 선생님한테 지푸라기 알레르기가 있다고 말했다.

버스 기사 아저씨는 일을 그만두고 부인과 함께 플로리다로 이사했다.

크리저 선생님은 뇌진탕 진단을 받고 이틀 정도 병원에 입원해야 했다. 우리 반 아이들 모두 선생님께 문병을 갔다.

선생님은 교사직을 그만두고 덜 위험한 직업을 찾겠다고 했다.

"예를 들면, 폭탄 처리반 같은 일 말이야."

선생님의 말에 우리 모두 깔깔대며 웃었다.

셰인은 더 이상 날 괴롭히지 않는다. 사실, 나한테 고맙다는 말까지 했다. 이젠 날 그냥 '댄'이라고만 부른다. 가끔씩 깜빡하고 '피그보이'라고 부를 때도 있지만, 친근함의 표시로 그러는 것뿐이다.

물론, 그렇다고 해서 우리 둘이 친구란 뜻은 절대 아니다.

아니, 어떻게 그 녀석과 친구가 될 수 있겠어? 우리 둘은 친구끼리 할 수 있는 어떤 것도 공유한 적이 없는데.

하지만 우리 둘은 똑같이 잃은 것이 하나 있었다.

그날의 체험학습 사건 이후, 우리 둘 다 더 이상 댄 호그를 싫어하지 않는다는 것이다.

옮긴이의 말

콤플렉스는 아무것도 아니다

『불량엄마 납치사건』과 『불량엄마 굴욕사건』에 이어 비키 그랜트가 쓴 또 다른 소설의 번역을 끝냈다. 지구상에 수없이 많을 비키 그랜트의 팬(?) 중 한 사람이지만, 단순한 팬이 아니라 팬이자 번역자로서 내게 찾아온 소중한 기회에 감사의 기분을 느낀다. 이전의 두 작품에 비해 다소 분량이 적다는 게 흠이라면 흠일까, 읽을수록 느껴지는 작가의 유쾌한 유머과 위트는 역시 나를 실망시키지 않았다.

성장기의 청소년들이라면 누구나 공감하겠지만, 자신의 의지와 상관없이 자신에게 부여된 이름으로 인해 놀림의 상대가 되거나 스트레스를 받는 사람들이 많을 것이다. 이미 나이가 들어 성인이 된 경우라면 그저 우스갯소리로 넘길 수도 있겠지만, 한창 감수성이 예민한 시기의 청소년들이 아무렇지도 않게 넘기기란 쉽지 않을 것이다. 역자인 나 역시 어렸을 적엔 친구들의 장난스러운 놀림을 받은 경험이 있다. 그런 경험이 없다는 게 오히려 이상한 일 아닐까.

이 책의 주인공 역시 그러한 경우다. 그 많고 많은 이름 중에 하필 '돼지'를 뜻하는 호그(hog)라니. 나를 낳아주고 키워주신 부모님이 그토록 원망스러울 때가 또 있을까? 제법 똑똑하지만, 영 달갑지 않은 이름을 가진 데다 몸은 비쩍 마르고 뻐드렁니가 있고 머리 색깔까지 통통 튀니, 악의가 있든 없든 주변 친구들의 놀림에 희생양이 되는 건 너무나 자연스러운 일일지도 모른다.

하지만, 우리의 주인공 '피그보이'는 침착하고 재치 있게, 필요할 때 용감하게 행동함으로써, 친구들은 물론 선생님과 농장 주인의 생명을 구해내고 일약 영웅 대접을 받게 된다. 결국, 자신의 가치는 이름이 아닌 행동으로 평가받는 게 아닐까? 까짓것 자기 이름이 좀 우스꽝스럽거나 유별나면 어때? 모든 일에 성실히 임하고 주어진 일에 최선을 다하며 자신의 능력을 보인다면 그깟 이름 따위가 자신의 인생을 고달프게 하는 일은 결단코 없을 것이다.

우리의 주인공인 피그보이는 그 누구보다도 용감하고 침착했다. 자신은 물론 친구들과 선생님의 목숨이 위협받는 절체절명의 상황에서, 과연 이 책을 읽는 사람들 중 몇 명이나 댄 호그처럼 행동할 수 있을까?

이 소설은 사실 따지고 보면 별것도 아닌 사소한 콤플렉스 때문에 자신의 진가를 발휘하지 못하고 있는 감수성 예민한 청소년들에게 자신감과 용기를 복돋아주는 좋은 계기가 될 것이다. 우리의 주인공, 댄 호그에게 이젠 다른 별명을 지어줘야 할 것 같다. 'Pigboy'가 아니라 'Heroboy'라는. 다른 사람의 이름만 듣고 오해하지 말자! 마음만은 모두 브래드 피트일 테니까!

2013년 2월,

이도영